# 乡村指纹

张强勇 著

北京日报出版社

图书在版编目（CIP）数据

乡村指纹 / 张强勇著． -- 北京 ：北京日报出版社，2022.1
（新时代散文）
ISBN 978-7-5477-3996-9

Ⅰ．①乡… Ⅱ．①张… Ⅲ．①散文集－中国－当代 Ⅳ．①I267

中国版本图书馆CIP数据核字（2021）第119399号

## 乡村指纹

| | |
|---|---|
| 出版发行： | 北京日报出版社 |
| 地　　址： | 北京市东城区东单三条8-16号东方广场东配楼四层 |
| 邮政编码： | 100005 |
| 电　　话： | 发行部：（010）65255876 |
| | 总编室：（010）65252135 |
| 印　　刷： | 三河市嵩川印刷有限公司 |
| 经　　销： | 各地新华书店 |
| 版　　次： | 2022年1月第1版 |
| | 2022年1月第1次印刷 |
| 开　　本： | 787毫米×1092毫米　1/16 |
| 印　　张： | 11.5 |
| 字　　数： | 182千字 |
| 定　　价： | 49.80元 |

版权所有，侵权必究，未经许可，不得转载

# 凝眸乡野的絮语

## ——《乡村指纹》序言

  强勇是冷水江乃至娄底近来比较活跃的作家之一,时有散文佳作见诸省级纯文学期刊,彰显一个后来者强劲的写作功底和实力。他像一头不懂畏惧的牛犊,硬生生闯入其实早有些固化、出头殊为不易的文学圈,令我很有些感喟。不经意间,他的一部新作——散文集《乡村指纹》又将隆重付梓问世。作为一道喝过澄碧资江水的老乡,翻览这部厚实的书稿,我着实为他高兴。

  《乡村指纹》分《乡村·亲情》《在途·风光》《印痕·沉思》《观潮·杂谈》《发现·钩沉》等五辑,以沉甸甸的情愫凝眸乡野浸入骨髓的风物和景致,也以质朴而传神的笔触描摹逐渐逝去的乡村人文、地域文化。全书四十余篇作品串联起来,便是资水河畔一幅全景式乡野风光与风土人情图,也是一幅作者且喜且歌且叹的行吟图。诸如茶马古道上的风雨人生、先贤们遗留的空谷足音、古老而亲切的资水滩歌……像一串串乡野晨昏时的絮语,细碎而清亮,缓缓浮荡于读者耳畔。

  尘世沧桑,险阻备尝,强勇的文笔也由此老辣而生动。他笔下的小镇沙塘湾老街,苍老而凄美:"那曾经的墙垛子,多已成了普通人家的基石,静默地支撑着新的建筑和生活,而在所剩无几的那爬满青苔的垛子上,杂草却在年年的春上照样长了出来。"他记忆里的新年,又是一幅欢欣漫溢的早春图:"有啁啾的鸟声跟着进来了,落在阳台上,落在眼眸里,落进耳根中,落进心灵深处,清新的,明亮着,似珠露,若温玉,就那么一声,却又萦绕在心间,于是,春晨就醒了,新年到了,太阳出来了。"冷水江的母亲河资水,也在他的肆意铺陈间摇曳生姿:"江心石滩就是舞池,一湾碧水就是幕布。白鹭,就是江心里优雅的舞女,舞姿倒映在水中,呈现出一种梦幻般的美。"

  我的家乡冷水江是湘中群山深处的一座小城，却从不闭塞穷寒。因资水而灵动，因多矿而富庶，王勃笔下的物华天宝，似乎尚不足以形容其丰饶。民风自古既朴拙也强悍，待人以义字为先。我在那里的山山水水间度过了素朴的青少年时代，一草一木早刻入了骨髓深处。离开家乡多年后，年岁愈长，早年的记忆愈加清晰。乡情也像一缕村里的炊烟，迎风而缓缓升腾、漫溢。因而，手捧这部《乡村指纹》，我分外亲切，似乎陡然穿越时空，又成为一个晨间牵牛的牧童，恬然躺卧在了家乡的田埂地头，或山峦河畔。

  冷水江的文学曾大放异彩，近来，文学同道颇如泉涌，时有各种雅集唱和，令遥居他乡的我十分歆慕。因而，当强勇嘱我为《乡村指纹》作序时，欣然应允，祝贺之外，以期共勉。

张雄文<br>2021 年 6 月 10 日

# 目 录

**第一辑**

## 乡村·亲情

002　沙塘湾老街

005　想再看一场露天电影

008　父亲的土地

010　父亲的回忆

014　田园无恙

022　爷爷的一生

024　乡下的春节

026　母亲的电话

029　打糍粑

032　想起父亲

037　母亲的盐水瓶

第二辑

# 在途·风光

042　秋韵紫云峰

046　麻溪故里　深闺人将识

053　三月茶事

057　我上光明村

061　江心白鹭飞

063　熊山雪凇

065　三联峒随想

068　登龙山记

071　夜宿南村草堂

075　青山探春

第三辑

# 印痕·沉思

078　端午里的乡村文化记忆

081　渠江寻源探新貌

083　年画记忆

086　我们是酒鬼

089　变　迁

093　儿子，我们缴税去

095　相看大乘山

097　资江写意

104　茶马古道风雨人

111　清明无客不思家

第四辑

## 观潮·杂谈

116　税涌石湾里

120　露台上的来客

123　又见辣蓼花

126　小城饮食

130　陶塘古街

133　小城茶楼

135　油菜花开

137　山水撩活一池春梦

第五辑

## 发现·钩沉

142　东台山向东

145　资水和她的《资水滩歌》

151　老　屋

153　木板屋的昼与夜

158　老家的鸟巢

161　迎春花

第一辑
# 乡村·亲情

# 沙塘湾老街

资水流邵阳,过茱萸滩,出石滩之下,进入冷水江水域,吸收着麻溪和球溪两条流量很大的支流,连水带沙冲积着两岸,回旋成一个很大的水湾,这里,就是沙塘湾,我的老家。

总有一种神秘力量的驱使,抑或是生命河流的惯性。每次回到老家,我都喜欢到那一条条仅数百米却也称之为街的上街、正街、下街、向阳街走一走。我一次次徘徊在儿时行走的青石板上,我一次次站在儿时嬉戏的码头上。

老街坐落在资水中游的岸边。那里有很多晚清时的民居,清一色的木板楼,兰花窗,青灰瓦。一半临街,一半临水,临水的一半,是用几根木柱支撑的吊脚楼,虽然远逊于凤凰沱江边的吊脚楼,却也重重叠叠,逶迤而至,错落有致。但是,临江可并不是资江,而又是一条极不显眼的小溪。临街的一半,用木板做成的门,石头铺就的街面,虽然并不是家家都开个小客栈、小商铺,却也给过路的行人一个歇息和落脚的地方。现在的老街还能勉强向外人传递着一点点晚清古民居信息,但机会也已经不多了。我在一条古民居比较集中的小巷子里走着,找寻着曾经的垛子墙和雕花的窗棂,却都是凋落的光景。

如今的沙塘湾,早已是纸上的繁华了,外来的人对于这一切,倘不是事先阅读一点文字或者是从老人处听闻一点关于此处繁华的描述,来到这里,在某一条破败的街上行走,在残垣断壁中穿行,哪怕偶尔有一栋尚算得上完好的晚清建筑出现在你的眼前,即便调动你所有的想象,也无论如何都不能还原这里曾经的流光溢彩和金碧辉煌。且不说外来的人来此只能面对如过眼云烟的历史失望,就是本来居住在这里的中、青年,也大多是茫然无反应的,若是碰上了昏头昏脑的小后生，只怕是未等你把话说完，就已经嗤笑着挥手走了。

偌大的几条青石板路，几条曾经也像模像样的木铺子街，现在已经很少有人居住了，除了偶尔碰到一两个闲坐在槽门下守候日月的老爷爷和老太太外，很难见到有生气的年轻人了。老街上的民居因终年无人居住，加上年久失修，已倒塌了许多，没有倒塌的，绝大多数也摇摇欲坠，来日不多了，每来一次，都有木板楼在倒塌，心底里便平添了无端的忧虑和隐痛。在静寂的巷子里待久了，身上更觉清冷，回忆总在身后追赶着我，把我拉回从前，而这样的情绪，似乎是老人的喜爱啊，我突然间有些惊恐，一个人滞留的时间长了，人仿佛也会跟着这建筑一样老去似的。

那曾经的墙垛子，多已成了普通人家的基石，静默地支撑着新的建筑和生活，而在所剩无几的那爬满青苔的垛子上，杂草却在年年的春上照样长了出来。老街老是老了的，老得像一段古世纪的化石，被后来的世纪当作一截破布袋似的遗弃在岁月的尘埃里，徜徉在老街上，那一浪高过一浪的马头墙，那藏着凄凉和怨恨的兰花窗，那将黑暗与蓝天定格在闲适里的天井，那打磨得似可照人的青石板，在宣泄着曾经的繁华与热闹，却又无不展示着岁月的无奈与落寞。

穿过小巷的尽头，就是儿时嬉戏的码头。这里，曾经是水运极为发达之地。由于在资水中游一个叫浪石滩的地方，建起了一座水电站，码头浸没在水中，仅有的几级石阶露出了水面，我看着碧波荡漾的江面，想象着昔日码头的繁华。

晚清时期，在资水上游的邵阳一带，就曾将造成的毛板船放空到沙塘湾，待到春汛之际，资水涨潮，将沙塘湾地区的煤、沙罐、土纸、茶叶等特产放排到益阳、武汉。流传在资水两岸的《资水滩歌》中就有"沙塘湾里沙罐好，宝庆汉口把名扬"的词句。那时每当黄昏薄暮，落日沉入大地，天上暮云被落日余晖烘烤，大帮的毛板船从上而下，摇船人泊船近岸，在充满了薄雾的河面，浮荡在黄昏景色中的摇橹歌声中，正是一种壮丽稀有充满欢欣热情的景象。等到把堆积在码头边的煤炭一担一担地担到船上，将那些放空下来的毛板船又码得像一座一座的小山，那些早已在岸边喝醉了酒，吃油了嘴，铆足了劲的水手和船工，唱着资水那特有的船歌和号子，在东家的吆喝中，在

商家的期望中，在船工水手父母妻儿的眼泪中，驾驶那一排排装有煤炭、沙罐、土纸的毛板船，仗着春汛，似箭般的出洞庭，达汉口。在我的记忆中，听我的爷爷奶奶说过，那时，我爷爷会先走陆路抵达汉口的宝庆码头，从毛板船上把那一担担的沙罐子挑到武汉三镇去卖。也听我父亲说起，他很小的时候，就会到毛易、金竹山等有煤的地方"担脚"，几十斤几十斤地担到沙塘湾码头，赚点生活费和学费。

那时，毛板船的毛利和商机使得沙塘湾码头昼夜繁忙，据《沙塘湾志》载：最多的时候，沙塘湾码头的毛板船达到了一百多只，水手有一千多人，往来的商贾有三百人之多，因而带动着沿岸的消费，那些赚了钱发了财的人便在沙塘湾置田买地，使得这里有了一条一条的街道和商铺。那些街道都是用的长不过一米，宽不过半米的青石板横着镶嵌的，在它的两侧，却是在石料上锉成了一条一条的纹路竖着铺就的，在每一户人家正堂的屋基下，又有一块可以移动的石料，在石料上锉成一个"十字格"，在这些竖排着的"十字格"的石料下面，是一条一条的排水沟。这些用青石铺就的街道，是那样的错落有致。在路宽不过四米的街道两边店铺林立，店铺门面十分的密集。有铁匠铺、印染房、五金店、南货站、百货店、裁缝店、理发店、钟表修理店、肉食店、豆腐店、副食品加工店、电影院、卫生院、新华书店、招待所、旅店……单是在沙塘湾街上打马钉的铁匠铺就有十多家，而马钉是用来造毛板船和修理毛板船的。

老街经营的商品虽满足了人民生产生活的基本需求，却实在没有形成有鲜明地方特色的产品。这也许是沙塘湾老街现在没有繁盛的原因之一吧，我常常想起老街昔日的繁荣，唏嘘不已。短暂的繁荣背后，又是长久的衰落。我一次次地来到老街，又一次次地空手而去，什么也没买，什么也不想买。日子就这样周而复始地过下去，不管有多少人来来去去，老街还是那么淡定从容，波澜不惊。它安静地待在那里，悠悠地注视着每一个经过的人，就那么不经意的一瞥，便把它曾经的沧桑烙在了你的心坎。

## 想再看一场露天电影

母亲一直和我说，好想去城里看一场电影。这是母亲的一个小小要求，我没有理由拒绝她，就很爽快地答应了。

走进电影院，我和母亲的位置是紧挨着的。一束光从我和母亲的头顶上闪了过去，死死地钉在了前面的墙壁上。在沉甸甸的黑暗里，我的心像无数的小鼓在敲打着，我偷偷地看着我周边的人，在荧幕的一闪一亮中，模模糊糊地看到观众偶尔会张大嘴巴，瞪大眼睛，紧紧地盯视着前方。我看到了我前面观众的背影在起伏，我能感受到他那有热度的身体跟随着剧情在转动。我移回目光，前方是黑压压的人群和白花花的荧屏。

我看了看母亲，母亲的眼睛睁得大大的鼓鼓的，我觉察到母亲在用她眼角的余光扫射着四周，我明显地感觉到了母亲内心的不安和紧张，母亲不停地用右手摩挲着我的头发或者我的肩膀。在两个小时的电影中，我感觉到了母亲身体的各个器官如拧紧的发条，犹如一台老式的挂钟在旋转中有着轻微的眩晕。母亲悄悄地告诉我，城里的电影院是那么小，那么黑，四面都笼罩在黑暗之中，偶尔的一点光线都是从荧屏中散发出来的，看电影的人都在窄小的空间交换着彼此肺里的空气，她无法忍受电影院中的气息。

我和母亲从电影院出来，我的眼睛似乎还停留在黑暗里，忘记了光明，光明瞬间扑进了我的眼睛，让我有点猝不及防的感觉。我把另一只手举到了母亲的额头上，帮母亲挡住了突然而至的光明。母亲紧紧地拉着我，她的手并不厚实，手上似乎也没有多少力量，跟着眼前昏暗的人流，我和她走出了电影院。

走出电影院，我和母亲站在温暖的阳光里，母亲又细声地对我说，还是

喜欢看以前的露天电影。

四十年前,我家放了一场电影。直到现在,我都清晰地记得。

"你家是不是从来都没有放过电影啊。"这是我小时候,村里的小伙伴经常问的一句话,要是哪家能放一场电影,那是值得炫耀的一件大事。

还是读初中的时候,在乡下,家里七八十岁的老人生日做酒的时候,到了晚上,必定要放一场电影;给孩子做满月酒,会放一场电影;有的年轻人结婚,做父母的也会放一场电影。那时乡下的人们,在繁复而辛勤的劳作之后,最奢侈的享受就是看一场电影。放一场露天电影就像过年一样热闹,孩子们更是从家里拿来小板凳抢占位子,等电影放映整个场子就被围个水泄不通。

乡下的电影一般在晒谷场、学校操场或者自家周边较为宽阔的地方放映,大家不需要买票,可以随意进场观看。在我的记忆中,乡亲们对电影的狂热简直到了"走火入魔"的地步。无论对小孩还是大人,都是梦寐以求的一件事。为了看一场电影,十里八村的乡亲们都聚拢起来,那是常有的事情。有时大人们在田地里劳作,只要放映员来了,顾不上洗去身上的泥浆,就急急地赶到主人家,抢占一个好地方,来不及赶到的,早就吩咐自家的小孩去抢占有利的地点。等到电影正式放映的时候,大人们拿着蒲扇或是端着饭碗就出来了,有的站着,有的坐着,在炎热的夏夜,灯光下看到几群飞来飞去的蚊虫。现在,我带孩子去城里看电影时,便会想起小时候乡下老家的电影。

来乡下放电影的一般都是两个人,通常是师徒关系,师傅负责宣传、联系,徒弟负责运送放映机、发电机和胶片。徒弟会挑着放电影的设备走在前面,师傅轻轻松松地提着一个四四方方的扁扁的铁皮盒子走在后面,那里面就是晚上要放的片子。两人会径直走到办喜事的人家,主人则早就选好了地方,并搬出一张四四方方的桌子,放到空旷处的正中央,大人们忙着将一块白色的四四方方的大幕布挂在墙上,将幕布的四角固定在准备好的两根大木条上,一个硕大的荧幕就搭建成了。徒弟将设备放到桌上,早就有性急的小孩子围着放映员在桌子的周边问东问西,左瞧右看,有几个胆大的还会用小手东摸西摸,帮着放映员拿一些小物件。师傅将放映机放到桌上,并将机子的一端卡在桌面上,这是一种机械式的放映机,上下有两个轮片,轮片上有齿轮一起转动,上面有个供片的,经过齿轮输送之后,上面的输片,下面的就收片。放映机在转动,上下的两个齿轮就发出吱吱的声音,金属片带发出微热而又微腥的气息，胶带在灯光的照射下，犹如冒着丝丝热汗，氤氲着，从四方桌上射出一道光线，光在行进的过程中，瞬间就变得浩大汹涌，里面滚动着烟尘，这束光直抵硕大的荧幕，最后落在屏幕上，就显示出各种不同的图案，一场电影就放了起来。

一块地盘、一张幕布、一个放映员、一束光、一群观众，就是一个电影院和一场电影。不用买票，不用排队入场，甚至连一张电影海报都没有。只要是庄户人家有什么大喜事儿，大家就会口口相传，十里八村的乡亲们就会聚拢过来，享受电影带给大家的精神食粮。偶尔的，要是办喜事的那户人家一高兴，连续两个晚上都会放电影。看一场露天的电影，成了儿时对电影的美好回忆。

现在的我们，喜欢在一个或许有雨的白天，在电影院里静静地坐着，也许并不是为了去看那一场电影，或许只是为了有仪式感，只是喜欢找个或清净或热闹的场所，好像忘记了时间的存在。

# 父亲的土地

　　父亲离开我们有九个年头了，九个春秋，是漫长的一河岁月，在这一河岁月的漂流中，过去的陈年旧事，无论如何，我都不能忘怀。记忆犹新的是父亲做农活的模样，他是农民，做农活是他天经地义的事情，唯有日夜的劳动，才使他感到自己的活着和活着的意义。

　　我记事起，父亲就是瘦瘦的，乡邻们用"麦秆"来称呼我父亲。我小的时候——那时不到四岁，还不到读书的年龄，便总如尾巴样跟随在父亲身后。父亲是公社的民办教师，那时没有幼儿园，父亲总喜欢带着我，让我在教室的后排坐，或者让我在操场上玩。

　　但是，一直到我最小的弟弟参加工作，父亲还是民办教师。我们填写家庭出身时，父亲都不允许我们填教师，而是非常郑重其事地和我们说，就填农民，你父亲是个农民。我从父亲那看似坚定的言辞和坚硬的表情中，能感悟到父亲内心的尴尬、无奈和与世无争。在父亲的内心深处，多么希望自己是一个能吃上国家粮的公办教师。

　　这是很多年前的事情了——那时农村实行土地承包制，很多的家庭已经解决了温饱。我家人多力少，作为教师的父亲对做农活实在是不敢恭维，每年的收成都是薄薄的。父亲便会挤出时间，在离家不远的山坡上开垦出一块一块的小山地，播麦子种红薯。只是土质并不是很好，那些肥沃的山地早就让人开垦了，剩下的大多是硬泥巴地，每一锄、每一锹挖进土里，都要遇到不方不圆、无形无状的石子，用去的力气和时间也往往是别人的几倍甚至十几倍，父亲的锄头也是左缺一块右缺一块。但是，父亲一直挖下去，坚持开新地。

　　父亲干农活的时候，我喜欢站在他的身边，一边看他举锄挥锹，一边去踩踏父亲的影子。我看着他那细长的双手甩着锄头，伸出瘦长的手臂，将锄头举过头顶，对着天空，那锄头似乎钩着了半空中的日头。在空中凝寂了不到一秒之后，一瞬间，又积蓄着力量深深地落进地里，锄头碰撞着土里的石头，火星四溅，父亲握着锄头把的虎口在震动，手臂在颤抖，整个人看上去都失去了重心。这时候父亲的后背随着弯下的腰部，发出轻微柔韧的响声。父亲就这样一锄一锄地挖着，一个时辰、一个时辰在他的锄头下消失。每一个下午，那一丘丘一层层的荒山被父亲刨碎又重新组合成一块块的新地。

在离家不远的山坡上，瘦高的父亲举着锄头的身影显得那样的苍劲有力。开始时，父亲的腰杆是笔直的，一锄一锄地挖下来，父亲的腰杆便像一莞笔直的麦秆上挂了一个小小的旱烟袋，麦秆还是立着，却明显有了弯样。等到日落，那身影就明显地弯曲着，整个的旱烟袋已经和脚下的土地融合在了一起，仿佛再也不会直了一般。尽管这样，父亲还是一次又一次地将锄头举在半空，把积攒的力量挖入土中，直到日头落山。父亲会问我，日头落山了吗？日头真的落山了吗？当父亲听到我说：日头早就落山了。父亲才放下锄头，让锄头立起来，用一只手撑着锄头，让弯久了的腰响出特别舒服的嘎巴嘎巴声，再长长地舒出一口气，然后找一块靠坡的山地，仰躺上去，面向天空，而那斜斜的土坡正顶着他的腰骨，很随意、很舒展的样子。然后父亲便会绕着新开的土地，迈着均匀的脚步走一遍，脸上露出满意的笑容，说着，回家啰。

父亲总是很知足的样子，放学后，不管早晚，天是不是黑了，也不顾母亲的数落，照例会扛着锄头，往地里去。把不规则的石子垒在地沟边沿，成了一层层的梯土。回家的时候，父亲会站在梯土上，默默地注视几分钟，像在欣赏艺术品，露出欣慰的样子，充满喜悦和成就感地看着梯土，有如看着孩子茁壮成长，然后，扛起锄头，往家走。

父亲是农民，知道生活中的苦乐，都是植根在土地之中，和劳动息息相关。父亲日复一日地劳作，潜移默化中养成了吃苦耐劳的品质。父亲经常说：只要动手，就有吃的，就算是遇上再苦再难的生活，只要勤劳肯干，就没有过不去的坎。

父亲用自己的勤劳驱散了时光的阴霾，用自己与世无争的方式进入我的身体和灵魂。我触摸到了父亲的灵魂在土地上跳动，我感觉到了父亲一直就在我的身边。

# 父亲的回忆

每逢佳节倍思亲。自打读小学开始，就知道了其中的意思，只是年少轻狂时，并不懂其中的韵味。及至中年，渐渐地品味着其中的含义，更多的是给了我惆怅和懊恼。

待到旧历年底，一年就渐渐地结束了。现在的我们，是将每一个很普通的日子都过得五彩缤纷、兴高采烈，似乎淡忘了春节，待年关蓦然将至，春节就渐渐地近了，却也让我们猝不及防。我照例是必须回老家的，而且回老家的间隔更短了也更勤了，要做的过年的准备也渐渐地多了起来。

### 忆起父亲錾字的碗

偶尔回到老屋看了几眼，无意间看到旧尘蛛网遍布的角落里遗落着一些旧碗，有的已经打碎了，没有几只是完好的，但是碗底倒是完整的。旧碗倒扣在地上，碗底上赫然刻着我名字中的其中一个字，再仔细地翻看，竟然还有我父亲、我爷爷名字中的一个字，字中的黑迹依稀可辨。时间如水流逝，已记不起这是何时用过的碗，又因何被遗弃，难道仅仅是因为陈旧？显然，这样的理由过于牵强，好在引人注意的不是旧碗被遗弃的理由。事实上，很多东西的存在很难找到一个令人满意的理由，大多数时候，我们所要做的不是究根问底，而是正视它存在的事实。

透过这些布满裂痕渐而发黄的旧碗，我看到了我的父亲。记得每到年关，父亲照例要到街上买几筒新碗回来的，然后选一个父亲自认为很好的日子，一大早，就将新碗洗干净，拿出一个已经有了锈迹的錾子和小铁锤，然后在铁锅的下面刮一些黑乎乎的锅灰放到一只旧碗里，父亲照例会将这些东西摆放在屋外一个很显眼的地方。待一切准备就绪后，只见父亲戴着老花镜，找一个小方凳坐了，拿一件旧衣服平铺在膝盖上，一手掌錾，一手握着小铁锤，一下一下地在新买的瓷碗上刻下我的名字。每敲打一下，就挪动一下，溅出的白色粉末被父亲吹到地上，如细盐和雪粒一般。叮叮当当的敲打声长久地回荡在年代久远的老屋里。父亲做这些事时很小心，生怕力气一过就会打碎碗。他一笔一画地雕琢着，即便如此，刻出的字还是歪歪扭扭。横平竖直的训教，在灰白的碗底哑然失声。刻完字，父亲便用食指往那黑乎乎的锅灰上一沾，将锅底灰抹到每一个刻好的字上，再用水冲洗，瓷碗上就留下了我的名字，渗在笔画里的黑迹就再也洗不掉。这时候，附近的邻居们听到父亲那叮叮当当的錾碗声，便也会将早已买好的新碗放到我父亲的身边，有的没有买新碗的，会赶紧和我父亲说，富老师，你慢点收拾那些东西，等我家做主的或者堂客去买了新碗来，帮我们錾个字，父亲会点下头笑笑，照例在新碗上錾着字。年底的那几天，倒是我父亲最高兴和最忙碌的时候了。

在我小时用过的碗里，有的刻着我的名字，有的刻着父亲的名字，甚至还有刻着我祖父名字的碗。当我忆起碗上的字时，才想到，这是一种传承，约定俗成。在碗上刻下一个人的名字，他在这个家中的地位开始出现了变化。在农村，每逢红白喜事都因碗不够向同村人借。众多的碗混在一起，最后靠碗底的字就能物归原主。那些碗底的字，犹如被岁月刻下的痕迹，洗也洗不掉。而我，却从来没在碗上刻下一笔一画。父亲的这种微不足道的手艺，难道真的不值得我们去传承吗？

## 对联里的父亲

过省道沙塘湾地段，再往南走上十几分钟，就是一条无名的小河。小河两边，是一模一样的景象，都是大片大片的农田，沿河两岸都是一些低矮的房舍，地里都是挥汗劳作的农民。这里，就是我和父亲的老家。

太阳出来了，从对面的山梁上。

父亲照例会找来一张竹靠椅，眯缝着眼睛，享受着冬日里的暖阳。父亲会点上一根香烟，吧嗒地抽上两口，便一任香烟兀自地燃烧，一点一点地向

父亲夹着香烟的食指和中指挪动着,及至那点银光褪尽,银灰色的烟灰掉落,父亲也丝毫不会感觉到疼痛的,看上去似乎还很享受这种生命中的痛感。

这时,只要有人和我父亲打招呼,说富老师,给我家大门写上一副春联,父亲会立马站起来,只是,在稍稍的几秒钟后,就会讪讪地说,老了,写不好了,还是让其他人去写吧。只有在这时候,我才知道,父亲实在是老了。

打我记事时起,老家的人们无论是做红白喜事还是乔迁敬神的事,只要是需要对联,那都是出自我父亲手笔的,虽然老家的乡邻中有亲戚也会写对联,但是乡邻们都喜欢要我父亲去写,一来我父亲会自带笔墨纸张和糨糊上门去写,写好后,还会告诉人家对联要怎样张贴,甚至有时亲自张贴在大门上。二来也是耽于乡里乡亲的,担心喊自家亲人,也就怠慢了父亲,下次的时候就不好意思喊我父亲了吧,这其中多少有点父亲自大的个性在里面的。

每年从腊月的二十三祭祀灶神开始到大年三十,我都会看着父亲写对联,很小的时候也会在旁边帮忙研墨、展纸、裁纸。父亲先看看事先写在小本子上的对联,然后弓下腰,一笔一画认真地用毛笔将对联写在红通通的纸上。父亲每写一个字,我就会站在父亲的对面,很小心地将那写了大字的红纸平拖着,也会跟着念那一个个汉字,认不出的字他就马上告诉我是什么字。待父亲写完一联后,就和父亲一起将写好的对联很小心地放在地上,等着风干。父亲的书法是自学的,虽说达不到书法家的水准,但有棱有角,苍劲有力,那些字也就像有了生命一样跃然于纸上。

及至后来在外地读书,在外地工作,每年的春节假期,刚进家门口,就看见父亲在准备着写对联的工序,研墨、展纸、裁纸,显得那样的从容和自信,往往家里会有很多的乡邻一边把盏着母亲自酿的米酒,一边附和着父亲的话语,这多半是要我父亲帮他们写春联的乡邻们。有一次,就我和父亲在家的时候,很小心地跟父亲说,我有一位书法家朋友写了几副对联,您就不用写了。父亲听了这话,愣在那儿,不说一句话,直盯着我看。我怕他胡思乱想,赶紧解释道,并非是他写得不好,而是朋友执意要送的,他才深深地呼了一口气。我把对联展开,父亲看着那些行云流水的笔迹,念着对联,有些自惭形秽地说:"到底是书法家,水平不一般。"可他反过来一想,发现我带回来的对联不够贴,就喜笑颜开地分好后,看缺哪些门的对联,又弓着腰写起来了。每年春节临近,帮乡邻们写春联是父亲最得意和最自信的时候。

我曾经很是疑惑，只有中师文化的父亲怎么能创作那么好的对联呢？父亲创作的对联也是很讲究平仄和韵律的，并且写得一手比我强多了的毛笔字。我是百思不得其解的，我曾经问过父亲，父亲似乎有点炫耀地说，多看别人的对联，参照别人的对联，结合乡邻们的特点，就能写出很好的对联来。父亲过世后，在整理父亲的那张很古旧的书桌和遗物时，我才发现，一本《古今对联集萃》，早已被父亲翻烂了，有的地方还被父亲改动了很多，又加了很多父亲自己创作的对联。还有几本《声律启蒙》和《笠翁偶集》等书，还看到了一个小本子，那里记载着父亲摘抄和在外面记录的对联。记得父亲有一次跟我说起他夜里想到的对联，说有一处不知如何对才好。经我的一番分析，父亲恍然大悟，开心得像个孩子一样。我翻了翻那个小本子，发现里面写的全都是对联，有些还做了好几次修改，才明白父亲是多么的执着。原来，父亲在以自己的努力，一点一点学习，一点一点钻研。很可惜的是，几年前，母亲和我说，父亲托梦给母亲，说还有一些东西没有给他捎过去，我知道母亲说的是什么，便找出了我原本已经收藏好的那本被父亲翻烂了的对联书和那个记载了很多对联的小本子，母亲又叮嘱我买了几支毛笔和一个墨盒，还买了一坨墨芯，母亲在父亲生日的那天，买了一些香和纸，一起烧给了父亲。

　　父亲从一个只有初中文化的人，到后来中师毕业，在退休之际还评上了高级教师，父亲自学的勇气和乐于助人对我的触动很大，影响了我的学习和生活。每每遇到挫折时，我总会想起自强而又自信的父亲，也就有了无穷的力量和必胜的信心。

# 田园无恙

已经是旧历年底。

城市街道，乡村阡陌，往家赶的人越来越多，脚步越来越急，越来越快。

在外读书的孩子好不容易等来了寒假，发微信给我："老爸，家里有口罩吗？我买些回来。"

"买口罩干什么？老家现在的环境好多了。"我毫不犹豫地拒绝了孩子的好意。心想，北方的风沙大，怕是口罩戴习惯了吧。只是不自觉地抬头看了看远处那三座庞大的发电机凉水塔，虽然浓烟直上云霄，但环境还是比以前好了很多。多发点电也好，赶上春节还是用电高峰。

趁着年前周末，我和母亲一起将老家的楼上楼下，房前房后，屋里屋外做了一个彻底的大扫除，迎接新年的到来。新年新年，讲究的就是一个新字，一切都是新的。那些平时看上去极不显眼的物件，洗刷之后，也秀气起来，有些物件，灰尘和泥垢被洗刷掉之后，泛出岁月的幽光，显得古朴又厚重，感觉心情也是美好的，便兴致盎然地写了一副春联贴在了大门上："三春吉祥人无恙；万事如意岁有余"，横批："幸福吉祥"。

已经是腊月二十八，我去高铁站接孩子，在进站路口，一个敞开着的红色帐篷里走出几个套着红马甲、戴着口罩、别着红袖章的年轻人，拿着一个红色的体温枪朝我们的额头探了过来，"36.5度，体温正常。"手持体温枪的年轻小伙一边说着"放行"，一边麻利地移开了竹竿。车开到站台，高铁站也是罕见的清静，那种熙熙攘攘人来人往的景象不见了，看上去格外的陌生，稀稀落落的几个人，我一眼就看到了孩子，脸上竟然戴着我几乎没有见识过的大口罩。

这几天，我居住的小城陆陆续续也有很多的人戴起了口罩，但大多是服务窗口的工作人员，有的是我自认为的时尚女子。只是从报纸、电视和同事的言谈中，听闻到和我们一湖之隔的湖北出现了"病毒""流感"。心里在想，和湖北隔着一个八百里洞庭湖，有长江之险，还有湘江、资江之隔，无论怎样，怕也不会传染到老家僻静之地的。

无论如何，年是必须过的。

身在广西的弟弟打电话给我，也打给了母亲，说："准备回家过年。"

母亲说："如果国家没有什么紧急的事，春节有假就回来啊。"

母亲看着我们几兄妹陆陆续续地回家了，都戴着口罩，"俗话说得好，兔子要作老虎打，还是小心点好的。"母亲温和地对我们说。

"到了家门口，倒是挨了几枪。"弟弟戏谑着。

"是啊，大马路旁进村、进院子的路口，都有乡村干部在值守，都要量体温的。"母亲说着。"小心一点还是好的，就待在家里，不要到处乱跑。"母亲叮嘱着。

到了家，关了家门，把惶恐不安留在了外面，和家人在一起，心里终归是安宁了很多。

老家是一个再普通不过的村庄。两三百户的村庄不算太大，但街巷纵横，四通八达，去高铁站、上高速、国道省道，都经过村庄的四周。因为交通便利的优势，老家成了连接四方村落的要道，年上，大小车辆，穿梭如流；走亲访友，人行若织。鸣响的车笛、爽朗的笑声、开怀的祝福，这是年的节拍，这是年的韵律。只是在大年三十的时候，村东头的大喇叭却一直都在响：新冠肺炎防控知识，防控工作简报，致广大市民朋友的倡议书。整个春节，就数村东头的大喇叭最勤快、最忙碌了。偶尔，还会从大喇叭中传来老村长那浓厚的沙塘湾"塑料普通话"："不外出、不串门、不扎堆、不聚餐……""春节宅家中，没事不出门，出门戴口罩，进门要洗手……"这样的情况是一个例外，放在平日，村东头的大喇叭一年到头也响不了几回，这一响，一下子就引起了村民的注意。

今天就是大年初一。

母亲早已将年货准备好了。鸡鱼肉蔬菜，水果瓜子糖，还有母亲自酿的糯米酒和自制茶，多得很，这是母亲多年的惯例，母亲把过年当成了生命中

最重要的日子。父母亲的兄弟姊妹众多,新年走亲戚已经成了约定的年俗,毕竟是新年啊,毕竟一年难得聚一回。

母亲的菜单也早就盘算好了。雪花圆子,蒸鸡煎鱼,虎皮扣肉,时新蔬菜,甚至有基围虾……将所有的菜肴都端到了桌上,一个大圆桌都放不下。乡下过年,不怕剩就怕少,要的就是丰盛,要的就是年年有余。

早饭自然是吃得早,这是老家的年俗。五六点钟,吃完饭,母亲照例会将盛了瓜子、糖、水果的果盘端到桌上,招呼着我们。也许在母亲的心里,忙活了一年的亲人和邻居相互走动走动,唠唠一年的收成,问个好,打个躬,行个礼,相互间祝福着新年快乐,这是一种传统。天色还只是微明,清晨的第一缕曙光就顺着客厅窗棂的罅隙挤进来,有啁啾的鸟声跟着进来了,落在阳台上,落在眼眸里,落进耳根中,落进心灵深处,清新的,明亮着,似珠露,若温玉,就那么一声,却又萦绕在心间,于是,春晨就醒了,新年到了,太阳出来了。

我和孩子说,走,去村口的大路上看看。

老家村庄阡陌小道,此时显得特别的空旷、寂寥。有如一个健康的庄稼汉掏空了自身整个的五脏六腑,连喘气的声息也没有了。甚至连狗吠的声音也听不到,就是偶尔出来溜达的狗儿,也是耷拉着脑袋,夹紧了尾巴,小心翼翼地盯着哪家的大门,似乎在欢喜着陌生人的到来。

村上有三条主道,一条国道穿村而过,有六个进出口,还有很多的小道小口子通往周边村镇。镇里在村东西两头的国道边搭起了红色的帐篷,镇上和村上安排人在轮流值守,套着红马甲、戴着口罩、别着红袖章、拿着红色体温枪,俨然成了乡村抗疫人员的标配。帐篷中间有一张桌子,桌子下是一团烧得旺旺的煤火,一根长长的竹竿搭在帐篷的支架上,看上去就是一夫当关万夫莫开的架势。村子的南边也挡了栏杆,北边用一个大石块做了路障。

似乎是在一夜之间,"病毒""疫情"成了乡亲们的话题。"封城""封村""封路""防控""守卡""看人"成了新年乡村干部的职责。

"新年好。"当我和孩子走到村口时,从红色的帐篷里走出来一个熟悉的面孔。

"大过年的,不宅在家里,跑出来做什么?"守卡的村干部一本正经地似怪又嗔地说道。

"我和孩子趁着人少的时候出来看看，你们大清早的就来守卡了啊。"我一边取下口罩一边递上了香烟，也急急地解释着，生怕给他们添了麻烦似的。

昔日车流很大的国道省道上，也只偶尔有车驶过。村口、街巷是空荡荡、冷清清的，没人在走动。

我和守卡的村干部说，来，帮我们测个体温，让孩子也来当一回志愿者吧。

十点钟，太阳升起，气温回升了。我看到从邻村陆陆续续地走来了几个人，大家的手里都提着红色的袋子，不用说，里面是礼品，一定是去拜年的。

"大家新年好啊，今年春节，国家要大家都宅在家里，怎么还要到这里来晒太阳？"村干部当然知道他们是要去走亲访友拜年的。但是，新年的时候，又怎么能直冲冲地很鲁莽地不让村民出去，又不让邻村的人进来呢？

气氛一下子就缓和了许多。"大家都不要出门，不仅是为了自己好，也是为了一家好，更是为了亲戚家好，万一有个什么事，会连累一大片……""你看，你连口罩都没戴，露出了那满嘴的黄牙，不好看呢。"都是邻里邻居的，守卡的村干部对着一个年龄和他相仿的人开着玩笑。

"是啊，老哥说的确实是个理儿，我们也别把自己的命不当回事，万一有个什么传染的，有个什么三长两短的，不但自己不好，还会连累一大片呢。""我们还是回去吧，明年去拜年也挺好的啊。"一个村民打趣着。

"悔不该不听我女儿的话啊，她说，武汉都封城了，我以为是乡里乡亲的，会给个面子，让我过去的。"邻村的一位村民站在栏杆边悻悻地说着。

"大家还是各回各家去吧。到家门口好好地晒着太阳，不是很好吗？"守卡的镇干部说着。

"回吧，回吧，大家都回家吧。非常时期，谁都能理解其中的轻重得失的，不走动，亲情疏不了，不走动，亲情断不了，平安了，日子才会长久啊。"一位年长者说着。

一拨人来了，劝返了；又来了一拨人，又劝返了。是啊，趁着春节的当儿，大伙走动走动，年幼者给年老者拜个年，年轻人趁着在家，聊聊外面的日子，谈谈未来的希望。这个突然而至的疫情，说不能出门就不能出门，说不能扎堆就不能扎堆，老人和小孩还能做到，可是，年轻人都是宅不住的啊，都是在外闯世界的啊。我们的老百姓，认了这个理，不出门，不给国家添乱

子，不给政府添麻烦。大伙儿都宅在家刷着新闻，发着微信。宅在家的日子里，老人们会和晚辈们说，以前出天花、霍乱、疟疾，那是十室九空啊，一个四五百人的院落，活下来的不过三五十个人。在全国的疫情地图上，湖北是绛红色的，绛红色里的武汉，管控还在继续，疫情在一天一天地持续着。大伙儿不但知道会传染人，还知道传染得很厉害，哪怕是隔了几米远，哪怕是打一个喷嚏，都会传染上。

村东头的大喇叭一直都没有闲住，抗疫形势、政策解读、防护要领、政府公报……轮番上阵，不厌其烦地一遍又一遍地播放着防疫抗疫的信息。

我加入了乡亲们的微信群。疫情网格化管理，村民组长成了微信群主，铺天盖地的疫情信息刷了屏，信息截图、视频链接、安全防护、疫情播报……几天前离大家还很遥远的事，一时间走进了乡亲们的生活和日子，走进了他们期待已久的春节。

日子也在走着，走着走着，年就过去了，走着走着，春天就来了。我憧憬着。

"你怎么还没有去上班啊？"母亲看着一直宅在家里的我问道。

"你看老三，年三十才回的家，初二就赶回了部队。"母亲唠叨着。

是啊，老三一家也有七八年没回老家过年了，前年，他们部队集体转隶，原本以为会轻松点，想趁着春节在家团聚团聚。可是，组织的一声召唤，老三便带着家人赶回了单位，奔赴在抗疫一线。

"我不是昨天都去了单位吗？"我回应着母亲的疑问。

是啊，我和我的同事们每天都值守在防控抗疫的第一线。

严防、死守、宣传，是守卡的任务。我和我的同事们配合镇村干部奔赴在广袤的乡村大地上，奔赴在每一个疫情防控点，在乡间的每一个路口，在每一个红色帐篷里，都有着同事的身影。

"我驻守的村里，有夫妻两人刚刚从武汉回来。"

"又有一个在武汉读大学的学生回到了村里。"

"这里急需防控物资，口罩、消毒液、牛奶、大米。"

也许是事情很急，也许是事情很严重，也许是从来都没有遇到过这样的事情，也许是我的同事感到了害怕。一条微信，又一条微信，直接发给了单位领导。

"疫情就是战情,疫报就是战报。"只有在这个时候,才知道什么是雷厉风行;只有在这个时候,才知道什么是十万火急;只有在这个时候,才知道什么是军令如山。

"立即采购酒精、消毒液。"

"去办税服务厅借用一部分备用口罩无偿送给村里。"

不到三十分钟,十大瓶酒精,二百五十千克84消毒液,六百个医用口罩,还有三十箱牛奶,送到了防疫形势严峻的村庄第一线。

从接到疫情报告,到将急需的防疫物资送到村里,还不到半个小时。一个将近两千人的村庄,就有九名从武汉回村人员,有十七名从外省回村人员,有四十二名从外县市回村人员,与新冠肺炎患者密切接触者七人。可想而知,疫情防控形势是非常严峻的,同样,更急需大量的防疫物资。还有很多的党员、青年志愿者,他们不但要接受街道和社区的防控任务,很多回乡过年的同事也自愿加入了当地街道、社区、乡村的防控抗疫第一线。这只是我的同事驻村守卡的一个掠影。

疫情中,我看到一个个"吹哨人",一个个"摆渡人",一个个"逆行者",我们身边的每一个人都处在防控抗疫的第一线。我常常会流泪,声音几度哽咽。

疫情管控已经有二十多天了。这期间,我回过几次老家,几乎每天都会跟母亲和村长通过电话联系,关心着村庄的防控抗疫情况。得到的答复几乎是一致的:我们村庄的情况很好,虽然有从外省回来的,还有从武汉回来的,但是,大伙都宅在家里看电视、刷新闻。特别是那对年三十从武汉跑回家的年轻夫妇,自觉居家隔离,每天向村委会报告三次体温,向单位报告隔离情况,整整二十天,硬是没有下过楼。据说,在回家的路上,就已经打了电话给父母,准备了大量的生活物资放在专门为他们隔离的小房间里。

我知道,乡亲们的日子是稳稳当当的,是平平安安的。

疫情肆虐的火苗正在一点点被扑灭,当然我的村庄也不例外。居家隔离的村民在村东头可以走动了;集中隔离的村民回家了;就是那疑似病人,也只要在家自我隔离了;还有那确诊的病人出院了,住到了政府统一安置的隔离点。

元宵节到了,前几天还是阳光灿烂的日子,到了夜晚,淅淅沥沥地落下

了头春的第一场雨,还伴随着电闪雷鸣。润物细无声啊,春来了,土松了,田野的草绿了,菜地的花开了,路边的枝丫挂满了正待发芽的苞蕾。

春天真的来了。春天来了,希望就来了。

我又来到了村庄的东头。

大喇叭依旧在播放着防疫抗疫的信息,只是更多的好消息一个接着一个传给了我们。我的村庄我的乡,我的城市我的省,新冠确症病例清零了。我还听到了更加振奋人心的好消息,复工复产了,工人上班了,机器开动了。甚至,孩子们也在做着开学的准备。

我看到了母亲弓着身子,在自家的菜地里松土。我沿着水库边的小路走了过去,也许是刚刚放晴,泥巴路还是湿漉漉的,但已经有了很多人踩踏的痕迹。我看到了满眼的绿向我扑了过来,我看到风是绿的,水波是绿的,望山的视线也变成了绿的。迎上来的油菜花、豌豆花、桃花和李子花,宛若一片起伏的云锦。我往云里走。

"老侄,是不是又要帮你娘老子去挖土啊。"我顺着声音望去,看到一畦绿油油的土豆苗里,堂叔在给土豆苗松土。

"是啊,我也来看看庄稼地,顺便捎点蔬菜回城里。"我应答着,看到菜地里劳作的人多了起来。

"这个新冠肺炎的疫情,让叔的损失不小吧。"我小心翼翼地问道。

"嗯,这是没办法的事啊。你看,这些菜薹、蒜苗,还有那些蔬菜,都烂在了菜地里啊。已经二十多天没来菜园子了,菜出不了村啊。"堂叔说罢,用锄头朝前划了划。我感觉到了堂叔的眼眶里溢出了泪水。

"人勤春来早,只要勤劳有力气,没有克服不了的困难。您看,您的土豆、菜豆不是长势喜人吗?说不定,您又能赶个早卖上个好价钱呢。"我知道,已是古稀之年的堂叔还是喜欢听奉承话的。

"那倒是,今年的那个新冠病毒确实太厉害了,死了那么多人,国家的损失怕是巨大吧。我这点损失不算什么的。"堂叔其实也是一个通情达理的老人。

"只要大家健康平安,就有希望的。"我赶忙应和着。

我看到了老家一个个熟悉的身影正担箕荷锄地朝着庄稼地走去,要给庄稼松土、苗木施肥;我看到了后山八百亩油茶林基地已经开出了银白色的小花,大家正在茶树下松土施肥,扯草拔茅;我看到了水田里老农和水牛正在低头往前赶,听到了水牛"扑哧扑哧"的声音,放水,培埂,你吆我喊,好不热闹。

"人养地,地养人,春天多锄一把,多犁一趟,锄头口上出黄金,收成也就多一分。"母亲走了过来,对着我说道,好像我不知农活不事稼穑似的。

我听到山中的布谷鸟叫得正欢,整个的山涧都在回鸣着;我看到一只漂亮的蝴蝶在身边飞来飞去,我正准备去追赶时,已经没入了菜花中。我看到越来越多的村民走出了家门,朝庄稼地走去,朝水田中走去,朝山坡中走去。我还看到几个堂兄弟正背着行囊,朝更远的地方走去。

我看到了田园里忙碌的身影,我听到了工厂里机器的轰鸣。我走在春天的大路上,那扑面而来的汽车尾气,竟然也让我感觉到了春的气息。

三月的清晨,阳光穿过云雾带来的一丝温暖洒入心扉。这温暖来之不易,它翻越寒冬,漫过荒原,追寻黑暗中的微光,勃发出生长的力量。迎春花在和煦春风的吹拂中悄然绽放,传递着春的消息;玉兰枝头的花苞一个个慢慢盛开,在羞涩中藏着期待。

2020年的春天,注定是个不平凡的春天。有勇敢逆行的故事,有迎风绽放的坚韧,有你我静谧的凝望。

2020年的春天,田园无恙,山河无恙,乡村无恙,神州无恙。

# 爷爷的一生

我爷爷走时，一贫如洗。

我是跟着爷爷一起长大的，小时候给我的感觉就是饿，也就是在六七岁时，有次就想偷家里的米去换爆米花吃。米就装在我奶奶陪嫁的那个红木米缸中，据说这也是我奶奶出嫁时唯一值钱的嫁妆，它的寓意也是不言自明的。但米缸里的米实在是太少了，淘来淘去米没有淘出来，自己倒一头栽进米缸了。中午，爷爷把我拉出来时只说了一句话：明年不种谷了。

果然，爷爷把当时唯一的一块自留地全都种上了西瓜，在当时那可是冒了很大的风险的，一个个并不滚圆的西瓜从山沟里挑出来，爷爷肩上的扁担吱呀吱呀地响了一天。爷爷在街上（准确地说，那还不能称为一条街，人们常常说它是老鼠巷子）摆起了地摊儿。可惜有零钱吃瓜的人毕竟不多，在"啧啧"称赞后，也就是买一片两片给小孩尝尝。所以几百个西瓜卖了近一个月，也只卖了一半，烂掉了一些，剩下的多半又被我爷爷送人了。我爷爷第一个温饱梦就以失败而告终，最后，不曾有过怨言的奶奶从隔壁的几户邻居家赊欠了几斗米才度过了饥荒。

穷则思变，苦日子实在是过不下去了。爷爷又拿出了他的致富方案，这一次可是征求了我奶奶的意见，就在一个叫沙塘湾的地方开一间卖红薯粉的小馆子。那时，沙塘湾大桥还没有横跨在资江上，南来北往的人流、车流还只能靠几条大大小小的船只渡过，却也繁华。没有钱，所幸的是有营养非常丰富的红薯，又加上我爷爷有一手做红薯粉丝的绝活。于是，卖红薯粉丝的小馆子就在几串爆竹声中开业了。在家不曾下过厨房的爷爷成了顶好的厨师，奶奶则成了很好的服务员。那时来往的人较多，有去禾青三尖的，有去邵阳宝庆的,也有去新化安化的,甚至还有开毛板船去武汉汉口的都曾吃过我爷爷的红薯粉,大多会发出啧啧的称赞声。爷爷的第二次创业,虽然没有给他创造很大的财富,但基本上保证了我们的一口饭吃。在我奶奶眼中,爷爷是赚了钱的,但开业三个月后的一天,爷爷就和奶奶吵得不可开交了,缘由是爷爷常常借钱给别人。奶奶说,全家人饭都吃不饱,一天到晚起早摸黑地干到腰酸背痛腿抽筋,好不容易赚了几个辛苦钱,你怎么能说借就借呢?况且有时借钱的人是只知道名字却并不知道住址,更多的是一借一走了之的,你到哪里去要呀?奶奶的唠叨也是不无道理的,有时是今天在你这吃上一碗红薯粉给你一个熟面孔,明天就找你借钱走南闯北的过客,你到哪儿去要回来呀?所以,奶奶的一句话我的印象挺深的:你爷爷的钱被人给骗借了。那时的五元钱可买一百个馒头五百粒糖呢,当时的五元钱给我的感觉真是很多很多的。

后来,沙塘湾大桥建成通车了,来往的车流、人流也就不会在这里驻足了,又加之爷爷也老了,小馆子也够不上档次了,爷爷的小馆子就开不成了。但我爷爷是不甘心失业的,一心想多赚钱赚大钱的,爷爷仗着开过小馆子多几张熟面孔,又走村串户地做起了媒人,收起了介绍费。于是在这小城与乡村之间又多了一个六十多岁行走的老者。我父亲和姑姑们都不赞成爷爷找上这门生计,但爷爷却说:世上无媒不成亲,这可是一件好事呢。

爷爷一生都在为生计奔波着,在这片曾经繁华现在已经衰落的地方终老一生,却是不曾富裕过。爷爷去世的消息传出后,村里村外来了许多人,他们带着一脸的沉痛和悲咽,我看着他们忙碌的身影,踏着脚下的麻石板路,想来想去,咸咸的泪水就流了下来,却不知是感动还是酸楚。

# 乡下的春节

乡下的日子一到腊月，年味就渐渐地浓了、酽了。到了腊月二十三，是乡下过小年的日子，也是祭灶王爷的日子，我的乡下亲人对灶王爷是顶礼膜拜的，大家都要祈福消灾，希望来年风调雨顺，对灶王爷恭恭敬敬。乡下说："二十三，糖瓜粘"，说的便是腊月二十三或二十四，灶王爷升天禀报一年情况时，乡人们必须祭灶。宋代范成大《祭灶诗》有云："古传腊月二十四，灶君朝天欲言事。"说的就是这个意思。

小年过后，乡下正式启动过年模式。小孩们每天都会穿上干干净净的衣服，可以不用帮父母做家务，可以不用写作业，可以随意走东家串西家。一路上唱着"二十五，打豆腐；二十六，吃猪肉；二十七，杀公鸡；二十八，做糍粑；二十九，酿米酒；三十初一样样有"的歌谣。他们兴高采烈地放着各种各样的花炮，空气中充满了好闻的火药香气。乡下的家家户户不是杀猪宰羊就是酿酒做糍粑，每户家里都是热气腾腾，每一个人都是喜气洋洋。灶台上，都在煮着各种各样的美食，空气中飘溢着肉香。村庄上空从早到晚都是热闹的，歌谣声不断，花炮声不断，炊烟不断。它们也像那满地滚的孩童，不甘寂寞，欢天喜地着。

大年初一，乡下照例是在凌晨就会被各种各样的鞭炮声和各种各样的礼花声炸醒。父母会选准一个吉利的时辰，挨个地把我们喊醒，说着："起来过年了，起来过年了"，也几乎是在同一时间，大家都起来了，就连上厕所、洗漱都要排队。而那些洗漱水父母是不允许我们往外面倒的，说这是一些财禧，寓示着以后我们会财源滚滚，好运连连。家里的几个炉子也早已生得旺旺的，一家人都说着"新年快乐""恭喜发财"的吉利话。

天还未亮，父母会端上一大盘糍粑，将早就炖好的大鱼大鸡大肉摆放在堂屋的香桌上，照例是父母亲打开堂屋的大门，带领我们走出家门，朝向东方，口里念念有词，说着祭祀的话语，点燃香纸和香烛，祭祀天和地。然后，又回到厅堂，点燃香纸和香烛，面向神龛，说着"新年到了，向祖宗拜年，要保佑大家在新的一年里家庭和睦、团团圆圆"。然后，开始燃放烟花和鞭炮，整个祭祀的时间会由鞭炮燃放时间的长短而定。祭祀完成后，一大家子合桌而坐，开始吃团年饭。

早饭后，全家人会换上崭新的衣服，围着四方炉烤火、聊天，畅谈着对新年的遐想。父母端上几个大盘放到桌上，盘子里摆放着各种各样的水果、瓜子、糖和香烟，等着晚辈们来拜年。而父母的手里，早就准备好了很多的红包，它们将被分派给孙辈们。

大年初一，乡村的路上，到处都是一拨一拨拜年的人群。"过年好""新年快乐""拜年了"的问候，是一声接一声。拜年的队伍大多是一个一个的家庭，他们扶老携幼，穿着新衣裳，一个个容光焕发。小孩子围着围巾，戴着帽子，女人们把头发梳理得干干净净，时尚的还会到城里盘个发型，绾个发髻，衣服自然也是光鲜的，有的甚至是头一次穿。男人们会把皮鞋擦得锃亮，把头发打理得油光，西装或者夹克也是笔挺笔挺崭新崭新的。行走在乡下拜年的人们，都希望新的一年能有一个崭新的开始，写在我的乡下亲人脸上的，是吉祥和喜悦，是安宁和富足。

在我的乡下，还有一个极其庄严和热闹的拜年祭祀活动。同族的人会一起到宗祠祭拜祖先。全族男女老少都会聚集到宗祠里，每家每户拿着香纸和香烛，燃放着鞭炮。主持祭祀仪式的照例是我的一个本家四叔，他按辈分的先后顺序，默念着一个个我们共同的祖先的名字，祈求着神灵和祖先的保佑，大家满脸虔诚的神态，一起感受着这份庄严与隆重。最后，四叔会大声地说着我的曾高祖留给我们同族人的一段吉利话："天开于子（子时），地闭于丑（丑时），人行于寅（寅时），出门遇财神，遇贵人。"在大家的拜年、恭喜发财、万事大吉的话语中，整个拜年祭祀仪式顺利完成。这样的集体拜年祭祀活动，在我乡下的每一个乡村和族群里，每年都会有一次，虽然仅有一次，却给我留下了深刻的印象。拜年祭祀活动让我的乡人们忘却恩怨和过节，它像一支强力胶，聚集着众人，又像一位沉默却威严的长者，用其特有的语调告诉我们：我们都是同一个祖先的后人，我们都流着相同的血脉，延续着相同的香火……

# 母亲的电话

每个星期，六岁的孩子有事没事总要打个电话给乡下的奶奶，也就是我的母亲。这已经成了孩子和他奶奶的习惯，也是孩子和奶奶的约定。昨晚，孩子又和奶奶通了电话，还视频了。我们也听到了母亲从乡下传来的亲切声音，看到了视频中的母亲。母亲在电话中说："相隔几十里听到孙子的声音，还能视频，蛮高兴的！"听着母亲的话语，我的思绪回到了遥远的从前……

二十世纪九十年代初，我刚大学毕业，在远离老家的一个山区税务所上班，原本以为打电话应该是方便的，可到税务所后才知道，所里只有一部电话，还是手摇电话。

也许现在的我们对手摇电话并不了解。手摇电话机上是没有数字键号的，电话机上带个摇把，专供摇铃用。打电话之前要先攒足了劲儿，一手按着话筒，一手用力摇动摇把，摇过一阵以后拿起话筒，在听到电话机发出清脆的铃声时，就证明电话信息发出去了。邮局的总机房接到讯铃后，就有话务员问你要打到哪里，再一路一路转接。有时邮局的总机台总是占线，没半个钟头接不通，即使接通后，话音也失真严重，有时距离虽只有十多公里远，但听起来声音像是从百多公里外传来的，不但声音很微弱，而且听不清楚。

打电话不方便，这让我们刚刚大学毕业的年轻人很不适应，不但不能及时联系外地的同学，就是和市局的工作联系都很麻烦，有时刚刚接上，信号要么不稳定要么就中断了。工作不能及时布置和汇报，很多的时候都是老所长坐几个小时的煤车赶到市局，汇报工作或者接受工作安排。那时，也经常看到邮局的工作人员背着箱子，拿着接收器，爬到一根根高高的水泥电线杆上，去架线和维修线路。但是，电话线路依然爱出故障，信号时好时坏，接听电话的音频也很不稳定，每逢刮风下雨，通信时常中断，电话都拨不出去。后来，有了人工交换机，终于不再需要通过邮局的总机台转了，但是，也是那种手拨号码的电话，是从0到9的阿拉伯数字，也要拨几个圈。那时，感觉摇电话挺费劲，说话的声音还要特别的大，好像是与人在争吵似的，通信信号也不好，也就对电话没有多少好奇心。

到了1993年，电话在城市已相当普及，可是在我工作的小镇和老家，打电话依然很困难。特别是老家，一个有几百人的大村落，除了村里小学，竟没有一部电话。有时，在单位有急事需要找母亲接电话，我要先打电话给学校一个熟悉我的老师，再要一个熟悉我母亲的学生去家里把母亲喊到学校来，到那等着我把电话再打给她。后来，母亲有什么急事需要找我，也会跑到学校去打电话。我回老家时，就会买点东西去学校看看给我行了方便的老师，母亲每次去借学校电话打给我的时候，也总是会带点鸡蛋或者蔬菜送给老师，虽然老师都推掉了母亲的好意，但是我和母亲总感觉麻烦别人的次数太多，总觉得心里是过意不去的。算起来，我和母亲用学校的电话打了几十次，学校也没收过我母亲一分钱。

1998年左右，邮局在老家架起了电话线，陆续有人家里装了电话，大多是子女在外地工作的。母亲就和我说，要给家里装个电话。记得当时我们那装电话还是很困难的，要先到市邮局交两千八百元的初装费，交完费后，我又在邮局找了熟人，选了一个比较好记而又吉利的电话号码，然后拿个安装号，什么时候装就难说了，因为装电话的人太多，需要排队，什么时候排上、能不能排上没人知道。为了早日装上电话，我母亲又花了一千六百元买了个子母电话机，还给负责老家安装电话的队长送了只大母鸡，他当时答应一个月之内保证我家用上电话。谁知一个月之后还是没用上，我就打电话找他，他一副万分为难的样子，说有比我交钱早的人都没装上，让我再等等。后来，还是母亲看到他们又来老家装电话了，就守着他们，等把别人家的电话装完后，强求他们帮我家装好了电话。母亲的第一个电话就是打给我，我现在都记得母亲那快言快语和那喜悦的劲头。

那时大家用手机已经比较普遍了，很多同事和朋友都用起了"大哥大"移动电话和小灵通。我觉得办公室和家里都有固定电话，足够了，完全没必要去赶手机的时髦。哪知这想法还没两年，记得是2000年的时候，母亲有急

事打电话到单位找我,可是我出差去了省城。等我回到单位的时候,同事才告诉我,要我打电话给我母亲。从那以后,我就买了一部手机,不是为了赶时髦,我不能再在关键时候出现电话危机,不能让同事找不到我,也不能让母亲找不到我。

如今通信光缆像是一道夺目的彩虹遍布祖国大地,随便到哪个山旮旯手机信号都很好,手机型号也让我们目不暇接,手机的功能也非常的强大。手机从单一的通话功能变成了音乐、照相、摄像等多功能,手机数据也不再是2G、3G,而是4G、5G,不但可以上网看新闻看电视、语音视频,还有手机网上银行、网上购物、微信等多种用途。而我的母亲,也从开始沾沾自喜的固定电话,到四年前要我妹妹帮她买一个老年机,说要是家里没人的时候,我们打电话找不到她。而在去年,她的两个孙子先后到很远的大城市读大学以后,竟偷偷地和我说,要我帮她买一个也能发微信红包,还能微信视频的手机。

打电话像一段历史,我一直铭心刻骨地记在心里,因为电话变迁的过程,也是我们国家进步、社会发展、个人变化的过程。我想到了母亲当年要走很远的路才能接电话,到母亲有了自己的固定电话,到母亲的老年机,到母亲要我给她买一个智能手机。我知道,我的母亲不是为了炫耀,而是为了方便。而我的母亲,也从一个只会接电话的中年农村妇女,到现在古稀之年的时候,竟然会用手机微信视频和微信发红包,母亲也从终于从狭窄的农村走进了广阔灿烂的天地,这才短短的四十年时光啊。而电信事业,从最初的打摇把子电话,到现在使用精巧的多功能手机,发达的不仅仅是电信,还有人民群众对美好生活的向往。

我在为我们的祖国祝福和骄傲的同时,也为我的母亲和我们赶上这样一个美好而又伟大的时代感到幸福和喜悦,我们今天的这一切都来得不容易!

# 打糍粑

快过年了，对于我的乡下亲人来说，就开始响起了打糍粑的吆喝声。

母亲一大早就打来了电话，说家里今天准备打糍粑。我便也起了个大早，带着妻儿直奔老家。

母亲也是赶了早的，也许是天还蒙蒙亮的时候，就起来劳作。等我们赶到老家的时候，堂屋的正中一个石臼洗得干干净净，两个手柄长长的大木锤倚在石臼旁。正墙下一张方桌上摆着好大的一个竹篾盘筛，盘筛中放着三块刻有各式图案的糍粑印模，模板上雕刻着一些喜庆的图案，还有一块印模板上雕有"福禄寿喜"等字样。我们一进屋，就闻到了糯米饭的香味。原来母亲早就烧起了柴火，将糯米放在蒸笼里蒸煮着，那香味就是从烧着柴火的一口铁锅上冒出来的，大铁锅上是一个圆圆的大木桶，木桶上蒸腾着乳白色的水蒸气，弥散着糯米的醇香。儿子闻到糯米的香味，开心极了，直想立马揭开木盖抓一把糯米饭往嘴里塞。

母亲见罢，赶忙阻止，说快了，先别揭盖，火候还没到。大概又过了十多分钟，母亲从蒸笼里抓了一小口糯米，用大拇指和食指揉搓了一会儿，放入嘴中细细地嚼了嚼，说，可以打糍粑了！她用早已准备好的小木盆从蒸笼中盛了一盆蒸熟的糯米，往石臼里翻扣下来，米香瞬间散开！我们都抓了一把就往嘴里塞，这糯米熟透了却还是一粒一粒不粘连，柔软带筋的嚼味让齿缝生津，满口皆香，一个个嚼得大呼小叫，大概是因为既好吃又烫嘴。

母亲见状，嗔怪着。捣糯米饭需趁热，要两个人同时用力才行，妻子和儿子抢先上去，然而，那木锤在她和孩子手里鼓捣得不得要领，他们一个没有木锤高，一个平时是摸笔的，哪有力气来鼓捣大木锤？就连姿势都是滑稽

可笑的。于是,我和弟弟上阵。打糍粑可不仅是一个力气活儿,更是一个技术活儿。有时木锤不听使唤,一锤下去没打到中心,打在了石臼的边上儿;有时两人同时捣进去,往外拔时却把石臼里的糯米坨差点都带出来;还有时是木锤黏在糯米团里使劲拖都拖不出来,所以,光有力气咋成?我和弟弟相对而站,拉开架式,我们双手上下握紧木锤,双腿像打拳的把式一前一后站了个桩,说声开始,手里的大木锤就如流星般地落下来,因为默契而又富有力道,那木锤鼓捣的声音颇富节奏感。

我和弟弟沿着石臼用力地揉搓着、擂打着糯米团,一边打下去的时候,另一边用力压着,待其拔出来后,方再捣下,如此轮流锤打了二十来个回合后,整个石臼里就是一整坨的糯米泥了,然后用两把木锤压在里边,相互将糯米泥转悠了几下,这是又是一个技术活儿,因为石臼里的糯米泥已经黏得很厉害,扯不脱了,两人商量好一齐发力后,大喊一声"起",于是,两把木锤同时提起,整个一大块糯米泥就像黏在一根巨大的火柴棍上,眨眼间,我们又像抛绣球般将那大团的糯米泥甩到了盘筛里。盘筛中早就撒满了一层薄薄的糯米粉,这是为了防止糯米团与盘筛、手粘连而做的准备。母亲在一边眼疾手快,只见她用一根细细的稻草麻绳往木锤上轻轻一缠,用力往下一拉扯,就把整团的糯米泥完整地拉了下来。

之后的工序倒不是很复杂,但同样有技术含量。只见母亲用手把一大坨的糯米泥在盘筛里翻滚几下,又用手掌拍打拍打泥团,她用左手的大拇指和食指形成的虎口用力地将糯米泥一掐,一个小小的糯米团就鼓了出来,这时候,右手便飞快地将小糯米团摘下来,甩给正准备印模的人。一个个小小的糯米泥团往印模里一放,再用手用力压下去,圆圆的一个糍粑就初具模型,等到倒出来的时候,它们就是圆圆润润漂漂亮亮的了,散发出淡淡的糯米香味儿,还飘逸着暖暖的热气儿。

母亲是做糍粑的老手,从她的手掌间里甩出的一个个圆圆的坯,就像一粒粒圆润的珠丸散落在玉盘之中,她把分量把握得极为匀称、妥帖,不多也不少,恰如其分,既不会多了溢出印模,也不会少了连模子都压不满。大家伙儿围着这一团热软的糯米泥团,分工合作着,笑声像热气一般飘腾在村子的上空。打好的糍粑就像一个个"新鲜出炉"的艺术品,整整齐齐一排排放在乡下特有的那种四方桌上,它们洁白而温婉,像一群安静听话的乖巧孩子。

社会在发展，年味正渐淡。过去很多传统的过节年俗慢慢地随着时代滚滚的车轮演变了，甚至消失了，但是打糍粑这个"节目"却一直执着地在我的老家延续着。吃着亲手做的糍粑，我满心满嘴都是香的，它们被煎得油滋滋的，烤得白胖胖的，一口下去，丝拉得老长老长。这些丝，是有形的，白且糯香，这些丝，又是无形的，像一根根细小却坚韧的线，联系着我和老家，也延续着我对老家的情感，这是一种扯不断的乡恋与乡愁，是我对老家不变的守望和牵挂……

# 想起父亲

也许是我有几篇文章都写到了父亲,朋友看了,对我说:"你笔下的父亲,很像朱自清《背影》里的父亲。"我听罢,"我怎么能和朱自清的文字相比啊。"心里惴惴不安,惶恐得不知如何是好。

"我不是要把你和朱先生相比啊,"朋友解释着,"一个好父亲,他们身上都是有很好的东西值得我们去学习的。"

是的,我的父亲是个好父亲。

父亲已经远行十年了,每次回家看到堂屋相框里的父亲,心情依旧是复杂的。但他留在我心中的"背影"却越来越清晰,也越来越深刻。

不知为什么,每当想起父亲,脑海里确实总是先浮现他的背影。透过岁月的烟云,我能记忆的是父亲清瘦的、光着膀子、脊背弯曲、身穿劳动布裤的背影。

这背影,在我的少年时期、青年时期,在我的求学时期、工作时期都重复出现。

记得我小学毕业时,考取了离家不远的一所初级中学。学校历史悠久,是由私立学校改建而成的,在一座高高的名叫金堂岭的山包上,十分幽静,站在山顶,可以看到资江河。现在回想起来,父亲当年要我到这所中学读书,就是看中了这所学校的环境和学风。当然,离家近也是一个很重要的原因。

那时,在我家的周边还有几所中学,一所是离家更近的厂矿子校,还有一所离家较远的乡中学。在我小学毕业之前,我是不知道有这样一所中学存在的。因为那时候,小学是在大队办的学校,等上初中的时候,一般是考到本乡的中学。我来这所中学读书,完全是我父亲替我作的选择。父亲说,你一定要好好读书，要考上最好的初中。父亲的态度很明确，他对我说："今年你考不上的话，明年再考。宁可晚一年上中学，也要考到市里的中学。"父亲打定的主意，是谁也无法改变的。事实上，我依然没有到市里的中学去读书，这是在后来的十多年中，至少在我读书的时光中，父亲所不知道的。我们那时按地域招生上学，市里的中学离我家更远，在父亲的心里，那所位于高高的山包上的初级中学，就是市里最好的中学了。

我是长子。我不仅是我家第一个进中学的孩子，而且在我们院子里，也是成绩很好的孩子。因此，父亲送我去上学的那天，路上遇到的乡亲，总不免要夸我几句"你孩子好聪明""考上学校真不容易啊""要好好读书，考上大学啊"的吉利和勉励的话。父亲听了，也不急于回复乡亲，总是笑嘻嘻地应一声"谢谢"，便又挑着我的行李赶路。

父亲挑着我的行李，没有歇脚，只是走上一二十分钟，父亲会换肩，将行李从一个肩膀换到另一个肩膀上去。那时的我又瘦又矮，父亲比我高大很多，加上父亲平时走路就分外利索，虽然一直都挑着我的行李，他还是把我落下了几十米，我有时也一路地紧赶慢追，但始终都没有超过父亲。因此，我紧盯着的，就是父亲那清瘦的、光着膀子的、穿着劳动布裤的背影了。

当年，我们的家境是相当困难的。为了省衣服、省鞋子，一到夏天，父亲都是打赤脚，光着胳膊。只是偶尔去乡里办事或者是乡下赶集的时候，父亲才会稍微地穿戴得整齐一些。夏天的时候，穿的也是那种用废旧的汽车轮胎皮子做的凉鞋，我们乡下称之为皮草鞋，轮胎皮子做鞋底，在鞋的前跟两侧伸出酷似小耳朵的角来，在角上均匀地钻两个孔，在鞋的后跟窄窄地包一圈，在后跟的两侧角上均匀地钻两个孔，一根橡胶带子将鞋的八个孔连贯起来，一双草鞋就做成了，还非常耐用耐穿，可以穿上三五个夏天。

有一年的春天青黄不接，四处弥漫飞舞的各类不知名的小蝗虫几乎遮住了太阳，也遮住了父亲的希望。这些小蝗虫将乡下的所有树叶都啃了个精光，父亲栽种的黄瓜叶南瓜藤也被咬得支离破碎，母亲天天给我们做一些红薯米饭和稀饭，而这样的日子竟也难以为继，家里盛米的坛子和收红薯的地窖都被母亲翻了个底朝天，这样的日子也维持不到夏收的时候。

人穷志不短。父亲可以说是使尽了浑身解数，开荒耕地做副工，偶尔种菜卖，仍然无法对付我们如狼似虎般的胃口以及逐年上涨的学杂费。生活日

渐拮据，饱受大家的嘲讽和欺凌。一天放学回家，我看到父亲穿着皮草鞋，光着膀子，扛在肩膀上的是一根特制的短短的圆木扁担，扁担上挂着一件劳动布衣，正准备出门。母亲含泪说，家里已经揭不开锅了，为了你们四兄妹读书，准备去乡里的煤矿下窑。我看到清瘦的父亲，犹如一根细长的竹子，在风中摇晃着。我看到父亲弯曲的脊骨、光着胳膊、穿着劳动布裤的背影在我湿润的目光中越走越远，越来越小，直到看不见父亲的背影。那个晚上，在迷迷糊糊的睡意中，父亲清瘦的、光着脊梁、穿着劳动布裤的背影，一直在我的眼前晃动。我不时在提醒着自己：一定要发狠读书，一定要考上好学校。

我在金堂岭上了三年初中，回想起来，是很顺利的。虽然是乡村中学，但是师资力量还是很厉害的。我们的语文老师，后来做到了地区一级的文联主席，我们的历史老师，后来还成了一所专科学校的系主任。对于不起眼的乡村中学，以往是无人问津市里的中学，那一年却有二十多人考上了市里的重点高中，成了当时的一大新闻。我知道，父亲对命运的安排，一直是不甘心的。他自己含辛茹苦供我们读书，就是要让我爷爷未能圆成的梦，在我们这一代能得以实现。父亲为了供我们上学，似乎什么都愿意付出。

在那个短缺的年代，父亲拼命劳动着，为了攒够我们每学期不算昂贵的学费，为了把我们养大，供我们读书，他宁愿历经艰辛和苦难。在别人鄙视不屑的眼色里，他若有若无地生活在这个世界上，做着自己愿意做的事情。

现在的我在想方设法当好父亲，不只是因为生活带给我的压力，面对孩子的成长，有时话说重了不是，说轻了也不是，生怕孩子承受不了命运的压力而伤害了孩子的身心，我不禁暗自喟叹：父亲难当！

当我们一天天地长大，求学，工作以后，父母亲的日子也一天比一天地好了起来。可是，一件猝不及防的事情发生了，让原本瘦弱的父亲承受不了命运之塞，犹如一根干瘪的稻草，遇到一点点火光，就燃成了灰烬。

一个炎热夏天的上午，清早出去忙碌的母亲回家，想喊父亲去帮忙做事，正匍匐在桌上休息的父亲遽然站了起来，也许是大脑一时供氧不足，也许是父亲的身子本来就不好，那瘦高的个子冷不丁重重地摔倒在地板上。当我急急忙忙地回到家中的时候，我看到父亲的全身都湿透了，头上直冒汗，母亲不知所措地在一旁边收拾东西边哭泣着。父亲被送到了小城最大的医院时，已经呼吸急促、紧迫，紧接着有了休克的征兆。

父亲年岁渐老，一直都伴随着有小脑萎缩的病症，心脏也不是很好，医生根据病史和当时的情况诊断为心脑梗塞，在内科诊治。几天后，医生担心还有肠梗阻，这些，都是能瞬间要命的病。在医生施展了浑身解数之后，父亲的病情仍然没有好转，反而愈来愈重，医院彻底束手无策了。我和弟弟跟医院交涉了几次，要求将父亲转至上级或者省城医院。由于当时去省城的路况极差，医生说途中发生意外的概率很大，一直不赞同我们转院。在小城医院的二十多天里，父亲先是被内科收治，后来又转至心脑科，多次由医院专家进行会诊，我和弟弟都知道医生是尽了力的，但是病情依然没有好转。到了最后，父亲的肚子已经滚圆，好像随时会爆裂，呼吸也更加困难，面色青紫。有一天，母亲突然发现，在喂父亲流食的时候，父亲看不到母亲递上来的汤匙，并且将痰吐在了母亲的脸上，父亲竟然失明了。而当母亲想和父亲说话的时候，父亲又是沉默不语，没有说出一个字来，只是喉咙里发出了含混不清的声音。父亲失语了？这时的我们十分焦虑，十分无助，十分暴躁，非常期待着哪一个医术精湛的医生能突然出现，这个时候，只要能救父亲的命，让我们做什么都可以。

最后，我们和医院还是决定送父亲去省城医院，救护车拉着父亲风驰电掣地驶向省城。因为连绵的秋雨，本来就不好走的路更加的坑坑洼洼，我们的心情也随着阴霾的秋雨更加的惨淡。一路的颠簸和一夜的煎熬，医生在安排我父亲做了一连串的心电图、脑电图、肺部、肠部等仪器检测和救治后，凌晨五点，医生向着我和弟弟摇了摇头，露出了一脸的无奈和惋惜。这时，晨曦透过医院高楼的玻璃窗逡巡而至，窗户上的那一层雨雾在阳光的温暖下，显得斑驳陆离，像生命之花的绽放。父亲的面容因为病痛而扭曲，而憔悴不堪，而浮肿，那是罂粟花美丽背后的恶毒，我们的心都要被挤碎了。

但我的父亲浑然不知。他是将死之人。

在医生的要求下，我签下了对于父亲的生死宣言。我手里的笔很重，手指在剧烈地颤抖，心头涌动着愤懑的潮水，但我的目光依然坚定而宁静。

当救护车更加风驰电掣地从省城医院驶向父亲家乡时，车速更快，时间更短。父亲很安静地平躺在我和弟弟的大腿上，弟弟用整个的上身拥抱着温暖着父亲，我用双手紧紧地抱着父亲的头部，我和弟弟生怕父亲再一次受到颠簸。我看到父亲的面容是平静的，偶尔张开嘴巴，母亲在不停地用棉签蘸

上葡萄糖水，打湿着父亲的嘴唇。父亲的呼吸已经越来越慢，我感觉到父亲的生命正执拗地走向终点，不是以分计算，而是以秒计，还剩下多少秒没有人知道。我看到氧气包在救护车里游动着，想象着氧气包会随时爆炸，感觉我的心已经到了崩溃的边缘。

　　上个月，奶奶期颐之寿，我们兄妹四人一起回老家给奶奶做寿。奶奶将我拉到她的身边，眼眶里满是泪水说，昨晚她做了一个梦，梦见了我的爷爷，奶奶的丈夫，梦见了我的父亲，奶奶唯一的儿子。奶奶说，已经十年了，不知道你的父亲到哪儿去了，他们在那边还好吗？和我说完这句话，奶奶蹒跚碎步，嘴里发出了窸窸窣窣的声音，顾自地走开了。

　　"十年生死两茫茫，不思量，自难忘，千里孤坟，无处话凄凉。"我已经做了父亲，可是我已经有十年没父亲了。其实父亲一刻都未曾离开，他依然活着，健康地活着，他活在我的基因里，活在我的血液里。我能够在难关面前挺了过来，就是因为在奔波疲惫之时想起了我的父亲。父亲留在我心中的形象，是送我上学，是去下井"担脚"，是养育我们时那高瘦的、结实的、赤着胳膊、光着脊梁、穿着劳动布裤的背影。

## 母亲的盐水瓶

这几年，到了冬季，一出现微微的寒意，我便忙着给母亲买一个热水袋回家。古稀之年的母亲怕冷，冬天里的母亲更冷。

家乡的冬日，很冷，天气湿润，时有雨雪，冻融交错，这种冷，是蚀入骨髓的湿寒，阴冷，入骨。小时候零下三五摄氏度很常见，看到垂蔓在瓦楞间长长的冰凌，用一根木棒一路地敲打过去，发出"咚、咚、咚"的声响，悦耳有节奏感。

这么冷的天，要熬过去，总得想办法。虽然房子没法取暖，但人还是可以取暖的。记得小时候，每逢到了冬日，母亲总是用很多的办法给我们取暖。盐水瓶，用坏了的菜锅、饭锅自制的脚炉，有时还将几根燃烧得正旺的木炭直接放在堂屋里，当然，那时的堂屋不会铺地板砖，也不是木地板，而是直接用黄土打夯的，红红的柴火，不但热了身，还温暖着整个屋子。而盐水瓶是最简单的取暖器，是医院盛生理盐水的容器，还有的是盛葡萄糖溶液的。以前，大人小孩生病，打点滴时，将配好的药注入生理盐水的瓶子里。现在医院打点滴已经不用玻璃做的盐水瓶，而是用塑料容器盛生理盐水或者葡萄糖溶液。那种玻璃做的盐水瓶已经很难找到了。

玻璃盐水瓶与通常的玻璃瓶不太一样，厚实，不容易摔坏。瓶塞是橡胶制品，有硬度，弹性好。瓶塞有一段柱状体，是塞进瓶口的那段，柱状体尽头有一节比瓶口大的橡胶皮圈，是为了防止瓶塞掉入瓶子的，最尾部，则是比较薄的一层橡胶皮，柱状体塞进瓶口后，那一圈较薄的橡胶皮可以翻转下来，覆盖住瓶口。盐水瓶的底部不平整，是深陷进去的凹部底，从凹部底到瓶塞段，是一个圆柱体，上面刻有计量单位，一只生理盐水瓶子的容量是

五百毫升，大概也就能盛一斤水的重量。质量好的盐水瓶不用担心重新灌注水后漏水，玻璃瓶厚实，可以保温。

那时的盐水瓶，母亲常常用来盛米烧酒。母亲家传酿酒，邻居来家买酒时，母亲会用干净的盐水瓶盛上酿造的米烧酒卖给别人，有时还是刚刚酿出来带着温热的酒。在寒冷的冬日，母亲也许是受了用盐水瓶盛酒保温的启发，便将盐水瓶做取暖器。小的时候，我们看着母亲做了几次后，很简单，便学会了。母亲告诫我们，千万不要把水煮沸，否则盐水瓶会突然遇热爆裂。将热水小心翼翼地灌进盐水瓶，然后把橡胶瓶塞塞进去密封好，用干布把玻璃瓶外面的水擦干净，就可以当一个取暖器了。现在想来，我们使用的热水袋，不过是将玻璃瓶换成橡胶袋而已。

跟现在的热水袋一样，盐水瓶灌了热水，虽然暖和，却不大方便，因为捧在手里或者煨在脚下会很烫。母亲便会找一些废旧的棉布缝一个布袋，将灌了热水的盐水瓶装进去，这样可以减缓散热的速度，更主要的是防止万一不小心盐水瓶掉地上摔坏了，有一层布，就有了一个缓冲。冬日晚上睡觉，躺下最是艰难，被窝里冰冷冰冷的。睡觉前，灌上一瓶热水，放进被窝，先暖和暖和被窝，过一会儿人钻进被窝，或将其抱在怀里，或用脚抵住（晚上睡觉，**最冷的是脚**），方可安心而眠。当然，要是没把橡胶瓶塞塞紧，便会慢慢地渗出水来，因为是热水，睡着的人轻易不会发觉，只是到了凌晨，水慢慢地变凉，等到你惊觉的时候，盐水瓶里的水不但渗出了一大半，而且凉凉的，不但感觉不到暖和，还会湿了整个的棉被。当然，也有人不用布袋，直接揣在棉衣里的怀里，隔着里边的衣服，到处晃悠，就像抱着一个太阳，暖身暖心。

盐水瓶是个很好的土制取暖器。三四十年前，我们都有过用冻得红通通的手抱着盐水瓶取暖的经历。只是在物质匮乏的时代，就是盐水瓶，这个能够给我们带来温暖的盐水瓶，也是不好找的，尤其是乡下，有时还要有熟人在医院里做事，或者自家有人生病打点滴，才会有个玻璃盐水瓶。好在那时我的父亲是村里小学的教师，恰好村里的卫生室紧挨着学校，医生和父亲又是乡里乡亲，所以每年能搞到几个盐水瓶，不但能用来给母亲盛米烧酒，还能在冬日里聊补脚炉不敷之用。

前几年，市面上流行电热取暖器，一个或六角形或长方形状的布袋取暖器，里面是一种我不知道的液体，插上电，不到三五分钟，就鼓鼓地热了起来，摸上去，很热很暖和，用起来也是相当方便。可是，有一年的冬日里，母亲不知道从哪里听来的消息，说有人用电热取暖器时，发生了爆炸，幸好没有人伤亡。母亲打电话给我，说不敢再用电热取暖器，还特地嘱咐我买一个热水袋回家，在电话的那端，母亲还说，要是有那种盐水瓶子最好。好在，这一切都过去了，现在，偶尔回忆起来，竟然有些忧伤有些甜蜜了。

第二辑
## 在途·风光

# 秋韵紫云峰

  日子悄无声息地进入深秋，寒意在悄悄地逼近。这个季节去一趟紫云峰应该不错。

  趁着周末，我与朋友相约，一起去游览被誉为"没有污染的地方"，小城的后花园——紫云峰国家森林公园。早上出发的时候，天蓝云白，资江河水碧绿安宁，温润如玉；四周山峦郁郁青青，养眼养心，清丽静谧，绿色滋养着小城。车行驶在出城的公路上，一路畅通。进入乡村山路，水泥路面变得狭窄蜿蜒，接二连三的急弯，考验着司机的车技，也让我们的心绷得紧紧的。我们弃车步行，以更好地领略路上的风景。看到在不远处的青山之间，萦绕着白色的雾气。路边的屋宇和田园，都像置身于仙境中。那一口口新修的鱼塘俨然水墨油画，映照着云雾青山的万千姿态。一辆满载着鱼草的农用拖拉机驶过侧畔，车尾还粘着湿漉漉的新泥。

  来到山脚下，公路两旁的荒地绝大多数被高高的芭茅草占领着，在背阴和低洼处间或长着成片成片的芭茅草，一束一束灰白色的芭茅花在秋日的阳光下散发着迷人的韵味，在这里拍照应是不错的选择。几块稀疏的农田里是村民种着的白菜、萝卜和芹菜，田埂边上密实地长着一簇簇的茅草，还有黄色和紫色的野菊，野菊清苦的馨香倒是让人领悟了深秋的味道。

  爬上半山腰，路边是一户连一户的山里人家，门口是宽阔的水泥坪，不远处一对年近六旬的夫妇正在锯木头，阳光斜着从他们身上照过来，有一层金色的影子。他们将手臂粗的树枝锯成均等的小段，再劈成柴烧火做饭、取暖。从他们家敞开的大门望去，窗户下面整齐码放着劈好的木柴。问他们为什么不用燃气或者煤，而要用木柴，老人说，这山上有很多干枯的树木，浪费了挺可惜。说话间，从一扇开着的门里走出一位年轻的女子，笑盈盈地迎着我们走来。原来年轻女子是老人的儿媳妇，每到周末，便和老公、孩子来山上看看老人。我们攀谈着，才知道这里以前是林场，是知青们劳动的地方，大概有六七十位来自城里的年轻人，响应"上山下乡"的号召，在这里开山造田，垦荒植树。年轻女子热情地邀请我们进门，里面是一个宽阔的小四合院，有厨房和卫生间，屋顶上还装有太阳能热水器和卫星天线。迎面的屋里是客厅，两边厢有几间小屋。平常的时候，就是两位老人在山上，孩子们都在城里工作、学习，只有在周末的时候才上山，陪陪父母，看看居住在这里的知青老人。这时，老人也进了小院子。原来他们都是年轻的时候来到这里的，一起开荒造田，植树造林，有的还收获了爱情，因为爱情，因为满山的绿，老人竟然放弃了返城，一直扎根在山上。老人说："开门见山，出门是山，抬头有山，山上飘着白云，像是戴着白色的帽子。天气一阴，云雾缭绕，好比是披着云彩般的外套，那满山满眼的云，飘着绕着，雾气弥漫，空气是清新的。"还一连说了好几个我喜欢这里，我喜欢这里。

　　站在半山腰向上望，脚下的山窝子，被知青用石头砌成堡坎，开垦成了一垄一垄、一层一层的梯田，从山脚下的窝子里一直往山顶盘旋而去，窝子越来越大，梯田越来越多，堆积而上，似乎也越来越厚。环山而建，远远望去，像是一个巨大的螺旋体，它像时光的涡流，留住了生活的印迹。现在，这里已经生长着茂盛的红豆杉、楠木、樟树，错落有致，成了城里人休闲、观光的好去处。我们继续沿着水泥台阶拾级而上，一路上那红得似火的柿子，像一盏盏霓虹灯照亮着游人；那饱满圆润的野冬瓜，像一个个红灯笼挂上枝头；那一粒粒熟透的火棘果子如一颗颗红宝石镶嵌在娇嫩欲滴的枝叶间，让游人忍不住摘几粒扔进口中；还有那滚圆的野毛栗子和苦楝果子随着秋风掉落，俏皮而又叮当地打在游人的头上，又突然地落了下来，待你去找寻时，早就在地上旋转着，消失在游人脚下的落叶之中。几只叫不上名的鸟儿落在远处的电线上，也在欣赏这层林尽染的画面。翠松、古藤、野花、野果、怪石、秋阳、天穹……都争先恐后地扑进我的镜头，我和我的镜头也迫不及待地和它们来了一次又一次深情的拥抱。

　　快到峰顶，一块五六百平方米的平地让我们豁然开朗，正准备坐下来休憩会儿，一片高大茂盛的樟木林映入眼帘，一块"爱情小道"的木匾很张扬

地闯入了我们的视线。"爱情小道"是个充满诗意的称呼,在紫云峰的条条山道中,显得那么别致和热闹。那斜倚的美人,那树荫下的等待,也许跟爱情有关,也许跟亲情有关。她是柔软的,是闲适的,是浪漫的,是温馨的。上紫云峰,很多人都是冲着"爱情小道"慕名而来,那林荫遮蔽,一米宽、数百米长,散发着樟木清香的爱情小道,满地落叶有如一层红黄绿相间的厚地毯,游人、恋人踩上去"咯吱、咯吱",一股清纯的芳香随即沁入心脾,成了年轻恋人打卡的景点,也成了小城的网红之道。这里,留给老人和年轻人的回忆最多。

在爱情小道不远处,有一座小山寺,一段古意素朴的赭红墙脊上,芃芃秋菊形成几道瀑布,垂帘而下,伽蓝一角,瞬间平添几许生趣。深山藏古寺,往往建在幽静偏僻的山林,供人潜心清修。淡泊的菊花与僻静的古刹,有一脉相承的气质,素淡,是它们与生俱来的基因密码。气息相通,互增清韵,让人想到秋水与长天的清旷,闲亭与鹤影的悠然。

说到淡泊,陶渊明"少无适俗韵",采菊东篱事农桑,成为历代文人心头的白月光。而南宋诗人郑思肖的《寒菊》:"花开不并百花丛,独立疏篱趣未穷。宁可枝头抱香死,何曾吹落北风中。"秋天已至,草木变衰,乃独晔然秀发,傲睨风露。人淡如菊,一个人只有在内心有了笃定与淡然,才能在车马喧嚣的尘世中修篱种菊,守护一颗简素的心。眼前是一坡一坡的菊花,一小朵一小朵,迎着秋风,憨态可掬,柔枝软叶,清新可人。纤细的花瓣,放射出一簇簇烟花。野菊如天空撒下的大把金子,在蓝天白云和浓浓秋色里闪着耀眼的金光。一朵花就是一簇光,柔和,飘逸,饱含深情。花瓣散开在天空和大地之间,如阳光的羽毛,在微凉的秋风中抖动。我不忍心采摘那淡黄,可我又怎能拒绝菊花带给我的诱惑呢?采几捧野菊花酿酒;将野菊花一朵一朵地晒干,然后在某一个或寒冷或温暖的早晨或夜晚,烧一壶滚烫的水,让晒干的野菊在滚热的水中,在期待着的眼神中,一朵一朵地再一次完完整整地盛开,如一团绽放的阳光。花蕾在杯子里斜射出道道的光芒,增添了一抹融融暖意。我想,生活的惬意也莫过于此。

不同的时节来紫云峰,会给你不一样的感受。春夏与秋冬的感受有明显的不同,许是季节影响心境,满目萧瑟稀疏的紫云峰与枝繁叶茂的紫云峰给人的印象是不同的。比如,春夏时那满山的桐树花,谢了花的桐树,正全力地生长着枝叶。每年春末夏初，直到盛夏，桐树在烈日下长得格外翠绿、茂盛，带给上山的人一片荫凉；寒冬来临，桐树又毅然将它蔽空的阔叶落下，只是为了让大家沐浴更多的阳光。这时的桐树虽然叶子落了，但人们并不觉得它丑陋，反而更被它的品格所感动。紫云峰上那满山的紫荆树、枫树和梧桐树难道不都是如此吗？

平时忙碌的日子里，最想念的是静谧的山影树色，脚踩落叶的喳喳声，树枝和杂草牵扯衣服的哗哗声。在山中行走，无论在哪儿，小路旁总有清浅轻音的山溪相伴。"兰叶春葳蕤，桂华秋皎洁"，草木之心的灵气，山语空鸣的静怡，让人神清气爽，气定神闲。来紫云峰，或许就是一个不错的选择。踩着沙沙作响的树叶，透过满眼金黄，仰望蓝天白云，秋意就定格在你的脑海中。此刻，一行南飞的雁阵掠空而过，在辽远的碧空中发出有节奏的鸣唱，唐代大诗人刘禹锡的《秋词》便那么自然地回响在耳边："自古逢秋悲寂寥，我言秋日胜春朝。晴空一鹤排云上，便引诗情到碧霄。"

是啊，也许我们一谈到秋天便倍感寂寥，看到落叶便心生几分伤感，但刘禹锡偏说萧瑟的秋日胜过万物萌生、欣欣向荣的春天，秋天并不死气沉沉，更无丝毫肃杀低沉的气氛，不应该感到悲观失望。"我言秋日胜春朝"，秋天有热烈的红叶，有金灿灿的银杏，更有那晴空一鹤，直抵碧霄的诗情。还有，那看似干枯的迎春花枝干，在严寒中，正孕育着新的希望，只待春风一吹，就是满山的迎春花；而那在寒冬下落了花、落了叶的樱桃树，那柔软着的枝头正积蓄着力量，已悄然地萌生着一个个苞蕾，只待来年的春风，就会洋溢着满坡的绿意。

明代周忱说"天下山川之胜，好之者未必能至，能至者未必能言，能言者未必能文"。我的文字乏力，不能尽述紫云峰深秋的静美。穿行在山峰之间，呼呼的秋风厉声吹过，寒意和寂寞顿生，恍惚能听见山间溪水的流淌声。

# 麻溪故里　深闺人将识

麻溪其实就在我身边，每年也都会路过几次，但是，我一直都对麻溪存有敬畏之心。一来我深知麻溪有着很深的历史底蕴，文化的韵味很浓；二来麻溪曾是我老家周边最大的商贸集市，麻溪又叫麻溪市（集市的意思）；三来我一直对周边地域的历史、人文、景物和风情有所探究，但是对麻溪总感觉自己的功课还没有做足，一直都不敢妄动。

麻溪是河名，也是村名。宋朝范仲淹在《岳阳楼记》中写道："至若春和景明，波澜不惊，上下天光，一碧万顷。"若不是作者标记了岳阳楼，我一直都以为写的就是资水和麻溪河交汇之地的景致。倘若你在阳春三月，邀上三五好友，到资江两岸，随意地砍下几根有了三五年光景的竹子，横横竖竖地摆放着，再用几根麻绳扎好，胆小的再钉上几个马钉，筏舟资水，顺流也好，逆流也行，当你行至麻溪码头的时候，江面豁然开阔，水流趋缓，光线也突然间开朗起来，视线所及可达千米之遥，感觉水天一色，倒是有了"波澜不惊，上下天光，一碧万顷"的景观，而麻溪就在你逆流而上的左岸突兀而至。

麻溪河发源于新邵坪上的盘概山（也叫螃蟹山，因其状如螃蟹，故名），其山泉溪顺流而下。从新邵的坪上流经东风桥、时荣桥、罗家桥、三溪桥、迷水桥，至龙家氹，再流到金竹山的麻溪桥，沿途汇聚了周边地域的数百条山涧小溪小流，水面渐次铺开，水流亦渐丰满。等到了金竹山麻溪地段，水面最宽处也有了百米之宽，成了一条不大不小的河流。因河流经地势低洼之处，每逢下雨涨水时节，从周边的山涧、田垄、小溪会冒出大大小小的水道，犹如古时候女子纳鞋底的麻线一般，密集如镞，密麻如绳，同时，那些小水道又细如麻线，也就有了麻溪河的雅称。

南北朝梁朝丘迟在《与陈伯之书》中有"暮春三月，江南草长，杂花生树，群莺乱飞"。如果你恰好在这个季节，有点时间，也有个好心情，那你不妨也来麻溪河边走走，看看麻溪的风光。河岸两边的油菜花开了，金黄金黄。樱花绽放了，粉白粉白。而桃花开得那么的丰腴嫩红，茶花是如此的娇艳，开成了一朵朵硕大的红色花儿，任由你去品评去观赏。而那碧绿的柳条，在麻溪河的两岸自由地荡漾着，时不时地引来好吃的鱼儿，而鱼儿也是偷偷地悄悄地游过来，也只是那么轻轻地迅疾地一吻，发现并不是美食，又俏皮地甩了一下尾巴，留下一圈圈的涟漪，兀自地离开了，却丝毫都不觉得有什么失意或者不高兴的。

倘若你是从娄新高速过来，在金竹山收费路口下车，不要一分钟的光景，就可以看到新修起来的风雨桥，也许它是冷江最年轻的风雨桥了。典型的侗族木式建筑，桥全长一百余米，全是用杉木和杂木建成，横跨在麻溪河面上。桥面是用钢筋混凝土捣制而成，桥下五孔，任由麻溪水拥桥而过。桥的两侧各有两排木柱，每排挺立着的都是直径五十厘米的圆形木柱，每一根木柱上的横梁都有四四方方的长梁铆合着，有六十四根木柱和六十四根横梁。桥面的两边有供行人歇息的木板，在对着麻溪河下游一侧的中间，还留有一个神龛。桥身上有三个歇山顶，中间的一个歇山顶是最高的，由五层木梁铆嵌而成。风雨桥的横梁上面有当地老人名宿创作的对子，也有施工队创作的对子。"东西流碧水预将麻溪分两岸  南北架金桥誓与居民一体连""麻利织出锦绣前程  溪流金水福美千秋""敢于拼搏立新业  东山再起展宏图"。虽然不是严格意义上的对联，但也表达了对麻溪美好未来的期望和祝福。

站在风雨桥上，可以眺望到曾经有四十八级的茶亭，由于岁月的剥蚀，那四十八级石板阶梯早已不知去向，或许已经淹没在荒草丛里，就是那茶亭，也早已荒芜破败，倒塌了，只能任由后来者自己想象，只有附近的老人，偶尔还能指点出茶亭的大概位置。那里现在已经是麻溪古镇生态园，走进园中，倒是能看到与茶亭不一般的景致，有蜿蜒而上的盘山公路，有顺山而上的百步阶梯，有美丽的荷花池、樱花谷，有成片成片的海棠园和葡萄架，还有大片大片的火龙果基地，当然，还有很多我们没有看到过也叫不出名字的各种水果。这里，由一群有志向的年轻人承包了这一大片的荒山，准备打造成一

个集休闲、垂钓、住宿、观光、采摘于一体的五星级生态农庄。而在这新修的风雨桥上,你还可以想象这曾经的麻溪桥,那是一座实实在在的木板桥,它的桥基是用石头砌成的,桥身是用木板做成的,就是供行人走过的桥面,也是用木板镶嵌的。也不知是哪一年,麻溪河上发大水,也许是很多年很多次的涨水,将麻溪桥冲垮了,等到当地居民发现不能走过麻溪河时,才知道麻溪桥被冲垮了。据说,在麻溪河下游汇入资江口处的一户人家,光是捡拾起冲下来的麻溪桥上的木材,就建起了一栋百平方米的两层木板屋。

现在的麻溪河和麻溪村,已经恢复了往日的生机活力。如果你是在夜幕降临的时候来到麻溪风雨桥,三十多盏灯笼都一起为你闪亮,可以踏歌而行夜观水天一色的美丽画卷。风雨桥见证了古镇的风雨沧桑和变化,承载着古镇和人民的希望。

麻溪是集市,也是毛板船的发祥地。麻溪古为麻溪市,是曾经的水路要道,商贾云集之地。它是资江上游一个重要的商品集散地,麻溪地处入资要道,麻溪河穿村而过,是解放前主要的煤炭、木材集散地。"走过天下铺,麻溪好摆渡。"对于一直居住在麻溪河两岸的老人来说,能真实地感受着麻溪曾经的风光。连接上下街的麻溪石桥,至少已经有三百年以上的历史了,而在麻溪的上下两街,就有很多的临街铺面。其中下街的谭思和是知名的民营企业家,他的票号沿着资江一直开到了汉口。当时的麻溪码头"上达宝庆武冈,下达益阳汉口",而到新化、老鼠港、白溪,一天就可来回,溪里的船只天天密密麻麻,川流不息。"三根热扁担,当(典当的意思)不了一间冷淡铺"也是从麻溪流传出来的。麻溪街鼎盛时期,"房屋鳞次栉比,商店比比皆是"。老街现存的一条石板桥,溜光滑亮,宽达四米,商埠的繁荣与大气可见一斑。

在邓显鹤主撰的《宝庆府志》第二卷中就有麻溪"其村落,有麻溪市"的记载。对于官方的志书,虽然只有短短几个字,但是其中的内容也是极其丰富的。当时麻溪渡口上通球溪,下连沙塘湾。上溯新邵筱溪,下至新化白溪,沿江两岸都是制造毛板船的主要基地和木材供应地。因为麻溪河水深,面临资江入口,同时,麻溪地势平整开阔,又加之麻溪资江沿岸多高山,俗话说深山有老林,特别是稠树、松树和杉树比较多,这些都是上好的制造毛板船的木材。所以,当时的麻溪挨家挨户不是驾毛板船的舵手就是驾毛板船的船工，据说，当时的麻溪两岸，光是"红牌舵手"就达六七位之多，要想成为毛板船的"红牌舵手"，至少要有七八次驾驶掌舵毛板船从沙塘湾到宝庆码头的经历。那时麻溪沿岸再不济的也是做毛板船木材生意的生意人和上山砍树的伐木工。在资水上行船放排，虽然是一个暴利行业，但确是极具生命危险的行业。有一句话说："挖煤的是埋了没死的人，弄船的是死了没埋的人。"据笔者考证，之所以麻溪是毛板船的发祥地，或许与麻溪附近有一个专门从事迷信活动的村落也有一定关系，与麻溪村落相隔不远的杨源村落，村里有很多的人是专门从事祭祀、做法事等活动的。在资水上造船、行船、放排，必先祭祀神仙、祖先，必请神汉、巫婆跳大神，以保佑行船顺利，化险为夷。而麻溪与杨源相隔不远，这或许也是麻溪是毛板船的发祥地的原因之一。制造一条毛板船，光是铁钉就要三百斤以上，加上上山砍树、运到麻溪将树木进行加工，需要很多炼铁、打铁的铁匠铺，砍树运树加工木板的木匠铺，还要有专门的熬制桐油的制油铺等，所以光是制作毛板船的工序就有十多项，人力就有数百人之多。而借助毛板船发了财的人们，便也在麻溪河沿岸买田置房。久而久之，麻溪也就从一个籍籍无名的小村落，成为了一个集市之所。

麻溪是战场，是兵家之地。当我写下这点提纲的时候，我内心是不由悸动了的。这与我们的梦里水乡、江南古镇是不是不相搭配呢？然而，当我们追寻着麻溪沿岸的历史，探寻着麻溪的前世今生，麻溪倒也是实实在在的战场，也是有据可查、有史可稽的。

在我的老家，只要是上了年纪的人，都知道"走（音读脚）日本"。那是一九四五年的四月，湘西大会战，一小股日军从湘西雪峰山一路逃跑，至新化沿资江上溯到新邵，国军二三〇团一个营在冷水江金竹山的羊角岭、木杉坳、金竹山（与麻溪都不到一公里之遥）进行围剿、攻击。日军受创后，以一千余人分股西窜。其一部一百余人折由麻溪西南四公里的栗滩渡过资水左岸，日军主力向麻溪以南寻找突破口，搜索攻击前进，强渡资水，与国军激战于沙塘湾、珠溪一带，国军歼敌二百余人。后日军从沙塘湾码头一路放火，使得沿江的沙塘湾、麻溪、球溪、筱溪等沿江街铺大火烧红了半边资水。后查阅《沙塘湾地方人文史略》，战火纷飞，确有其事，一九四五年四月十七日至十九日的三天里，日军对麻溪、沙塘湾、炉埠三个毗邻的码头天天空袭，

那时麻溪很多的铺面和老百姓的房屋被日军炮弹击毁，倘若不是一九九六年我市的那一场洪水将麻溪河边的老屋一卷而空，有很多的老屋屋顶都能看到被日军炮弹击中的弹眼。而其实早在一八五九年（咸丰九年）的五月，石达开率领的太平天国远征湖南宝庆，想借此打通去湖北、四川的通道，而在我市的麻溪、沙塘湾一带就是与湘军鏖战的古战场。

我们追寻过去的历史，是为了不能也不敢忘却曾经的屈辱，更好地珍惜现在的美好和和平。当我们感受着梦里水乡带给我们的浪漫，探寻着麻溪古镇留给我们的温馨的时候，当我在走访麻溪古镇的老人，指着一棵被日军炮弹炸得千疮百孔的古树的时候，老人一边抚摸着树干，一边泪眼婆娑着。我附在老人的耳边，用了很大的力气和老人说，我们现在和平了，我们正在一步一步地将我们古老的家园建设得更加的美丽和繁华。老人似乎听到了也似乎明白了我的话语，不停地点着头，喃喃地说着，正视历史带给我们的创伤。

麻溪是文化之乡，是民俗之乡。走在麻溪的街头，你能充分感受到麻溪带给你的厚重的历史和文化。麻溪老街的建筑充分体现了明清商业建筑的风格与特色，最典型的是麻溪上街的钟氏古宅，是中西合璧的建筑，每一垛墙的墙上都有风火墙，墙上的石膏经历了近百年，颜色如新。麻溪上街的钟希竹先生是清宣统三年翰林，钟先生先后留学俄国和日本，解放后先后在湖南大学和东北大学等地担任教职。而今的麻溪钟氏老宅，虽然已经破败，但依然保留了当年翰林宅的框架。

我在麻溪的故纸堆里找寻着昔日麻溪的文化渊源，也许几个古人的唱和并不能说明什么，但是，它毕竟能流传下来，并且一直都在产生影响。我找寻着《宝庆府志》中的诗文唱和，也在翻阅着《娄底历代文存》。说实在的，曾经在麻溪游历和游学的文人和官吏有很多。正宗的末代翰林钟希竹老先生自不待言，而被梁启超誉为"湘学复兴之导师"的邓显鹤在他的《南村草堂诗钞》中就留存有五首和他的子侄唱和写麻溪山水的诗歌，而在以他为主编撰的《宝庆府志》中就有关于麻溪的麻溪渡口、麻溪积善亭，道光二十五年修筑的麻溪桥、麻溪亭、麻溪市、麻溪花园庵等文献记载。更收录了时任新化教谕的宁乡人陶之典的《附舟至麻溪》一诗共二十一行四十二句，诗中描写了麻溪河的美好风光以及资江之险。诗中有"日侧维柳阴，麻溪指前坞""投宿桑麻村，悠然见太古"的美好环境和悠然心态。还有新化著名诗人，邓显鹤好友欧阳绍洛的《夜宿麻溪诗》，诗中有"雨中蟹火溪西路，林表风帆夜半潮"，描述了风雨中的麻溪和麻溪码头的热闹。还有著名的地舆学家邹汉横的《咏麻溪诗》，诗中有"桃花水涨春流满，麦浪风柔夏候催"，道尽了麻溪两岸的美好风光和四时之物。

麻溪是民俗的，它的民俗文化是商业文化与农耕文化的融合，极具实用性和包容性。沿资江两岸有着众多的自然村落，然而，也就只有麻溪村，是从来都不会忘记那几个传统节日的，特别是每年的端午，从五月初一龙船下水，一直要划到十五的，特别是在五月初五，那更是热闹非凡，麻溪也总是要邀请周边的村落，一定要有十几只龙舟一起划，相互竞赛。水手们会穿着统一的衣服，唱着统一的号子，划着同向的桨。船首自然是一个我们称之为跳龙头的力气人，而在船中央会有一面大鼓，在用力地擂打着。龙舟上的锣鼓声、划桨声、口号声，岸上的呐喊声、加油声、鞭炮声，是声声相应，此起彼伏。同时，还有一艘用各种彩色纸糊的彩龙船在各比赛的龙舟中穿行着。船上一应有一套整齐的吹打锣鼓的人，有打鼓的，有敲锣的，有吹唢呐的，有专门唱歌的，还有在船上跳舞的，甚至还有唱皮影戏的。一整班的演艺人员都在彩龙船上，大家同心协力，协调一致。岸上的人们都会带着自家做的粽子、包子，有的还带上好几挂鞭炮，早早地来到麻溪河边，选一个地势较高的地方，视野开阔的地带争相观看赛龙舟，那个热闹场面，是资江周边其他的村落无可比拟的。

麻溪是民俗的，它是历史的传承和发展。每年的春节，照例是要舞龙的，有专门的龙管会班子，还有舞狮子、打拳舞棍耍春凳、打铜使耙发流星。一般都是一个村的人马，召集一些会点拳术的年轻人，还有一些德高望重的老人，扎着龙，举着风调雨顺、国泰民安的牌匾，到周边的本家去寻亲走友。先是有威望的人到邻村本家去下个帖子，说好什么时候有多少人前来舞龙，对方好安排接待，一般情况下大家都是不会拒绝的。还有"舞春牛"，一般由三个人组成，两个人披着像牛的道具，弓着身子在道具牛里面，一个人戴着斗笠披着蓑衣，在后面一只手扶着犁或者耙，一只手拿着一根牛鞭子鞭打着春牛，演戏的人边唱边跳，极尽夸张，观看的人还没有笑出来，也许演戏的人自己已经大笑起来了，其实，大家也只是讨个好兆头。

　　麻溪生态古镇已成为我市近郊休闲游的重要目的地，吸引了一大批的创业者在这里投资兴业，其生态、文化、旅游、休闲等产业体系的融合发展已经引起越来越多的人关注。当然，如何整合好麻溪古镇的文化旅游资源，还需要创新，需要团队，更需要各级政府的努力，也需要情怀和时间。

　　我们祝愿麻溪古镇的未来越来越美好。

# 三月茶事

茶和酒都是中国的国饮,酒喝了乱性,茶是养性的。开门七件事,柴米油盐酱醋茶,饮茶,早已成了大家日常之需。从神农尝百草得茶而解毒,到隋唐的药饮及解渴式的粗饮,人类与茶就联系到了一起。唐人白居易被贬谪江州,孤寒一人,忽然收到朋友从蜀地寄来的春茶,连忙煎煮,品茗之余,写下了"红纸一封书后信,绿芽十片火前春""不寄他人先寄我,应缘我是别茶人"的诗句,丝毫没有了孤愤之心,贬谪之苦。唐朝陆羽的《茶经》,更是将古人种茶、采茶、制茶、泡茶、喝茶总结、归集、演绎到了极致,经过漫漫岁月的发展演变,逐渐形成了一种神韵独具的茶文化。

三月是茶的时节,身边同事好友,谈论的都是采茶、制茶、泡茶。微信上,是一个个粉嫩的女子,披着一条条或红色或绿色的纱巾,徜徉在一垄一垄的茶林中,三月的茶事倒是不知不觉中就来了。

茶是春的信使,茶是深山里的生物钟,还没等到立春,只要一片温暖的阳光,茶的枝条上就会长出嫩红透着嫩黄的新叶,它告诉人们要为即将来到的春天做准备了。春天来临,节奏就快了起来,一夜之间,茶林就会褪去沉闷的墨绿色,换上黄绿色的新衣,安静地发芽、生长。

高山有好水,这话一点都不假。三月的一天,和几个朋友来到附近的大乘山,上山的路蜿蜒曲折,在竹海茶山中穿行,山上成片的竹林蔓延至河边,间或有高大的竹子被压弯倒伏垂向水面。倒是不同于心中那挺拔的翠绿,这里的竹叶翠绿中微微泛着嫩黄色。山上少有人家,都是背山面水,有几个上了岁数的老人靠在自制的竹椅上,翻弄着刚刚采摘的新茶,丛丛的油菜花田和映山红散落在山间屋旁,让人不禁心生向往。一条二三米宽的溪水顺着山

势从旁缓缓淌过，汇入山下的球溪河，最终注资水入洞庭。清澈见底的溪水中密布着奇形怪状大小不一的乱石，掩映在漫山遍野郁郁葱葱的松林翠竹之中。往上走，不时有溪水从山坡上倾泻而下，不断拍打着河床里的乱石群，演奏出美妙的山林交响乐。记不清走了多远的山路，绕过了多少道急弯，一树开得极为灿烂繁盛的桃花就这样毫无预兆地映入眼帘。一阵春风拂过，耀眼的粉色花瓣从高大的树冠上簌簌飘落。高山有好茶，真是一点都没错。到了半山腰，我们看到了很多的茶树，正点缀着一片一片的殷红，在这里茶树是遇到了合适的气候与土壤了。海拔八百多米的大乘山正好符合茶林生长的要求，山既不太高也不太矮，四百至八百米是最适合茶树生长的海拔。当山脚下的春花即将开尽，这里的春天才刚刚开始。只要几天，已经含苞的映山红将开得漫山遍野。山上的茶树吸风饮露，自然生长，体形显得比山下矮小不少。一丘一丘的老茶园散落在颇为陡峭的山坡上，间隔稀疏，毫无规律，全然不如山脚下那些看起来如同绿化带般一垄一垄的茶林。

每年春上，总有人上山采茶，而居住在山里的人家，也总是会把第一批的茶芽摘掉舍弃，它们是秋天冒出来没有长大的越冬芽，因为阳光少，芽片偏黑，没有味道。只有等待立春后的时令，才是孕育于春天的嫩芽。我来到了一个并不起眼的小院子里，小院无声地隐匿在半山腰偌大的山林里，若不是有熟人指引，很难找到。进入院子，却是另一番光景。正是山上春茶采摘时节，来山里的人也多了起来，大都是慕名而来的，很多是希望自己采摘自己炮制新茶的人。一位六十多岁的老人忙得脚不沾地，根本顾不上吃饭。从市区来到这里，不但要一个小时的车程，还要翻越近两个小时的山路，即便如此，也丝毫没有阻挡住爱茶人的脚步。老人是制茶的高手，自小与茶为伴的他受祖辈熏陶，年纪轻轻制茶技艺便已纯熟。"新茶的采摘标准为一芽二叶初展。什么状态才是初展呢？"他向我们细细描述，"第一片叶子还轻轻包着芽头，第二片叶子叶片两边的嫩叶向叶背微微卷起，还未完全展开。如果两片叶子完全展开，就不叫初展了。"老人一边说着，一边来到一株茶树边示范着。如果说采摘新茶凭的是眼力的话，那么，选茶就完全是凭借经验行事。老人将鲜叶采回后经过拣剔，除去不符合标准的芽叶，便在自制的竹匾上薄薄摊放。"如果堆得太厚，鲜叶失水不均衡，积压在下层的鲜叶容易发黄变红。"老人说，为了防止这种情况发生，在摊放的过程中可以用手轻轻翻动两次。晴天摊放三小时，阴天则需五小时以上，待表面水分散失，发出清香方可付制。用自制的竹筛网把长短、粗细不同的茶叶选出来，选出大小相当的茶芽，饱满壮实的沉下来，轻飘飘的就被风吹走了。经过这样苛刻的甄选和工序的历练，才能形成一小碗新茶，这是自然孕育的精华和追求极致的人工相结合的产物。抓一把油润的新茶摊在手里闻一闻，就有一种淡淡的香气飘出来，用水冲泡之后，伴随着茶舞，又有一种馥郁、雅致的香气，喝完茶，舌底留香。

制茶就是一个技术活儿。老人抓起约二两鲜叶在手上一抖，茶叶便从手中滑入锅里，发出沙沙的响声。"茶叶制作是高温杀青，先高后低。"在锅温达120℃~130℃的大铁锅里，老人按顺时针方向单手翻抖，手法干脆利落。"不会炒的以为把手放在锅上，那样肯定会烫出泡来，但实际上手并不直接按在锅上，而是借助茶叶快速翻动。"老人轻轻地和我们交流着，丝毫不会停下手中的活儿。"茶叶要自然舒展，不能让茶叶卷曲过头，也不能很松。"接着用竹丝把在锅里轻轻揉捏着，揉过的茶叶条索一下子变得紧实起来，衬着青丝的叶色，甚是好看。

"杀青后的新茶要马上高温初烘，这是制作新茶的关键，这既要有经验更是一门技术活儿。"老人微微笑道。等茶叶达到六七成干时拿出摊凉后，再低温复烘。"杀青和初烘实际就是一个失水的过程，初烘时叶子和芽尖先失去水分，但茎秆里跟蛋白质结合在一起的水仍然吸附紧密。如果继续高温烘下去，只会导致芽叶变焦，而茎秆未干。必须等茎秆的水分回潮到芽叶上，让水分均匀分布后，再进行复烘。"老人告诉我们，高温杀青和初烘的好处在于，"能以很快的速度把酶的活性固化，从而保存住叶绿素，这样绿茶的鲜绿色泽就不会被破坏"。最后再用炭火低温复火提香，把新茶的香气慢慢地拉出来。如此制作出来的绿茶，冲泡后芽叶相连，舒展成朵，形似兰花，清香高长，滋味鲜爽，品质独具一格。老人的脸上似乎洋溢着丝丝的得意。

老人拿出了去年自制的绿茶，从不远处打来了半桶泉水，架起铁锅，将泉水倒入锅中，用晒干的竹片烧起火来。在如此简陋的环境下，老人泡了四五杯茶，随着水的浸润，茶叶一根一根地竖起来，或者直立于杯底，或者在水中上下沉浮，犹如茶的舞蹈，也似山上微风轻拂的竹林。我突然想起来古人喝茶，是很讲究美学感受和气场的。从唐代开始，茶就成了高雅之物，

在陆羽和颜真卿等人一起品茗时,陆羽就写过"泛花邀坐客,代饮引清言,素瓷传静夜,芳气满闲轩"的诗句。喝茶的过程是一个让心灵宁静的过程,它跟喝酒的状态绝对不一样。它不是简单的品饮解渴,而是一个崇尚美好、追求美好的行为。特别是绿茶,嫩绿鲜爽,更是代表一种春天的情怀。

当我手捧着老人递给我的绿茶时,我轻轻地抿了一口,感觉沁人心脾,身心温润如玉。这是我品到的极好的绿茶了。我在想,也许老人并没有看过陆羽的《茶经》,甚至不精通茶艺和茶道,但是,老人用泉水泡制的茶和一千多年前的陆羽是不是有同脉渊源?记得陆羽在《茶经》里专用一节论水,指出"其水,用山水上,江水中,井水下"。又"其山水,拣乳泉石池漫流者上"。倘若老人不是得到了陆羽博士的真传,这又是不是有异曲同工之妙呢?现在想来,陆羽的"一生为墨客,几世作茶仙"也没有什么遗珠之憾了。

我坐在老人自制的竹椅上,看着冲泡的绿茶在阳光里,观赏着茶叶的上下沉浮,犹如看着人生的起起伏伏。茶也有君子的意境,苏东坡就提到茶有纯洁无瑕的力量,有如刚正不阿的有德君子。大乘山上的绿茶在玻璃杯中,最后根根直立于杯底,每一根同每一根之间都保持着距离,独立于尘世,又谦谦淡雅。

"自从陆羽生人间,人间相学事新茶。"而今,茶从古时的君子品物到进入寻常百姓家,从以茶待客、以茶为会到以茶交友、以茶养性,从大家买茶喝茶,到自己采茶、制茶和泡茶,从"粗茶淡饭"到"怡情悦性",茶,已经成了我们心之安放之物。

# 我上光明村

今年,我有幸多次登上了光明山走进了光明村。

在冷水江市三尖镇水云峰黄桃种植基地旁,数栋易迁安置楼房完全摒弃了横平竖直的排列,错落有致地挺拔在阳光下。村口大门的稻作文化和旅游文化元素,令人遥想背后祖师殿的身姿;村中无处不在的木栅栏、石片桩、瓦片墙、卵石路、茅草亭呈现出一种现代的审美情趣;镶嵌在田垄中央的彩色水稻种植基地是那样的美轮美奂;还有那穿越着现代与古代的龙居崖水寨健体中心、民宿游乐中心、高标准的党员群众服务中心……

在这片神奇的土地上,一个以稻作文化为特色,辅之以生态茶场、黄桃种植、猕猴桃和中药材基地的新农村,从无到有,活脱脱地诞生了。光明村两千多人从"一方土地养不活一方人"的深山老林里走了出来,世世代代的农民一夜间变为镇上人。走在生活、生产、艺术相融的山村,我不禁恍惚:这里真的是居住着两千多名贫困农民的山区?

车抵山村,停下。蓝天白云,阳光似火,山峦被晒得蔫巴巴地趴着,有微风轻轻刮过,一大片稻苗掀起了微微的波浪,拂过一丝水和泥土混合的香甜。前面的田野小径,我们步行通过,生怕打扰那一垄一垄的稻禾,它们正在抽穗扬花。

这里是冷水江的最高峰,也是高寒山区,曾几何时,哪怕是盛夏时节,挟带着冷凉入侵,掠走庄稼所需热能。年年岁岁,山顶的马尾松被扑打成老态龙钟的"侏儒树",不再是"青松挺且直"。农民一年四季,风里雨里,早出晚归,辛勤耕耘,在山里种植一坡红薯,只能"种一坡收一锅"。而那些水田,又是高寒田、水浸田,别人的田能种早晚双季稻,可是,这里种一季稻

还要看老天爷的脸色，收成还是薄薄的。

多少年来，在当地老百姓的心中一直铭刻着一组天与地、山与水、人与自然"交恶"的画面。那让人心惊胆寒的悬崖公路，那被深壑阻隔在"白云生处"的人家，那收成寡薄的庄稼地……日月更迭，这方山水更加瘦骨嶙峋，百姓在绝境中的泪眼迷茫，深深地烙印在记忆深处，成为永久的牵挂。

于是，当消灭绝对贫困的战斗打响并进入收官之际，今年的五月和八月，像看望阔别已久的老朋友一样，我们闯进这块牵肠挂肚的土地，一切都变得日新月异：在那光明山上，黄桃种植基地，满山的黄桃树下都是从城里来采摘黄桃的市民；而半山腰的中药材种植基地，杜仲、金银花、黄芩、白芷、白术、芍药，放眼望去，满坡皆绿，生意盎然；山谷间，油化硬化公路像利剑一样刺破贫穷的大山；大地中，特色产业取代传统作物正在"点土成金"；而那些不宜人居的深山险境之地已是人去屋空，百姓已经搬迁新家……这片千年沉寂的土地，已经被现代农业文明唤醒，被绿色生态梳妆，即将告别绝对贫困，奔向全面小康。

我们在单位扶贫队长、光明村一支书的陪同下，一边看一边聊着。我们走进了一位名叫文洁的农民家中。环视整个屋子，明亮的客厅，雪白的墙壁，干净的地面，厨房、卫生间、浴室一应俱全，冰箱里储满了鸡鱼肉，还有黄桃。村干部告诉我，这些年，文洁的日子有了翻天覆地的变化，来了个"三级跳"。

文洁一家以前住在深山的山顶上，从山上下来得走一个多小时的路，要是遇上雨雪天下山，一不留神就会摔出几丈远，身上磕磕碰碰早就习以为常。家中土坯房年久失修，一到雨天，屋里就得摆满坛坛罐罐接雨水。后来，为了养家糊口，年轻的文洁好不容易在城区找了个拖板车的体力活儿，在一次搬冰箱上六楼的时候，一不小心，扭了腰，落下了腰肌劳损的病根儿，从此，就连力气活儿也干不成了。家里还有残疾的妻子、年幼的孩子和年过六十的父母。漫长的日子里，文洁一家在艰难无望中度过。

2014年，文洁的生活发生了巨大的变化，扶贫工作队来了，队员常驻村里，一家一家上门精准识别，一户一户精准扶贫。村里看到他年岁大了，便安排他在村里当清洁工，扶贫工作队得知他是高中毕业，安排他参加了市里就业局组织的扶贫种植业上岗培训。如今的文洁，在光明村的黄桃种植基地成了技术骨干，成了一把好手，他看到黄桃树的叶子发黄了，就知道黄桃树该施什么肥，要是落叶了，知道得的是什么病，而修剪枝丫、嫁接培植，通过文洁手把手带出来的徒弟都有二十来人。

住上好房子，选准好项目，有个好岗位，过上好生活——许多村民都像文洁一样，真正过上了"搬得出、稳得住、上得岗、能致富"的新生活。

光明山下有条河，是流入资江的一级支流——球溪河，河面宽宽窄窄，河道弯弯曲曲，盈盈流动的河水被太阳一照，波光粼粼，像一条缀满宝石的银丝带，静静地躺在大地的怀抱里。河边空气清新，环境优美，房屋依山搭建，绕水而居，错落有致，远近高低，像极了一幅自然精妙的书法，或是一幅天成的山居图。一些新修的民宿散发着一股清新的味道。不少房子门前都有花坛，里面开满了鲜花，我忍不住端起了相机。两岸是无边无际的田垄，稻苗、莲荷，还有塑料大棚蔬菜基地。一阵微风吹来，荷叶相互挨挤着，发出簌簌的声音，夕晖洒在水田里，金灿灿的一片水波，顺风铺陈开去。河堤边是一望无际金黄的、紫红的、淡蓝的野花，一丛丛一簇簇，挤挤挨挨仰着脸向天空微笑。

村庄的上空，飘浮着农家饭菜所特有的柴火香味。

在无力改变贫困面貌的年代，用改名来"画饼充饥"，新地名取代了老地名。"光明"表达了百姓追求美好生活的愿望。我们的思绪穿越到二十年前的光明村，山还是那座山，村还是那个村。那时的光明山上满是荆棘，是那种稀稀落落长不高的"矮驼子"树。那时的公路只能叫马车路，连过那种"突、突、突"的手扶拖拉机都困难，村里的主要交通工具是马车。后来，又在马路的基础上修起了砂石公路，也是挂在荒山秃岭上，当地的老百姓们都不知道去哪里能找寻到光明。

精准扶贫，让光明村的百姓们看到了光明和希望。村里通过帮扶单位穿针引线申请到项目支持，在海拔一千二百米左右的村落聚居地带修了一条长十三公里的环光明山的半山公路，又修建了无数条连村通组到户的硬化公路，形成牵藤结瓜式的交通网。如今光明村成了冷水江市的黄桃交易中心，很多村民把住房建在公路边，购买摩托车、私家车的人家如雨后春笋，光明村也享受到了"车轮上的幸福"。在帮扶单位的努力下，投资八十多万元的一百二十千瓦光伏发电项目让全村和周边村落的百姓受益，曾经一穷二白的

村集体有了十多万元的收入。村里把握资源优势,引导百姓大力发展黄桃产业和中药材种植业,开展一对一结对式全覆盖帮扶脱贫。又依托祖师岭这一生态旅游示范区,采取旅游+自带货+贫困户的模式,引导贫困户发展特色种植养殖、开办家庭旅馆或参加旅游务工服务、销售土特产等,扶贫效果非常显著。去年,全村共种植黄桃四千多亩,种植中药材和猕猴桃两千多亩,带动全村农户和六十六户贫困群众二百多人,实现户均增收三千八百元。每年至少能为贫困户增收五十万元以上。而从精准扶贫开始,村里的扶贫对象一天比一天减少,从2014年的一百二十多户四百多人,到现在只有两户两人没有完全脱贫。

  秋天来了,第三个中国农民丰收节又要来了,在五谷丰登的金色秋天,他们从光明山、光明村出发,寻找着幸福和光明。我憧憬着到了那一天,这个美轮美奂的村庄应该是张灯结彩,锣鼓喧天,带动着易迁而来的两百多个山里人和全村的百姓拥抱着梦一般的新生活。

# 江心白鹭飞

细雨轻烟,雀鸟穿江,鸟啼、桂香,柳树在微风里轻摇,这是九月白露的清晨。

每年八九十月间,江堤柳枝袅袅,如小姑娘遮眼的刘海,染了色,抹了油,淡绿成了浅黄,一袭披地,点点枝头倚在江中,招摇着。河滩上的桂树,一夜间,一朵朵、一枝枝、一树树绽放,微微地暗香浮动。我赶了个早,潜入江心白鹭的盛典。

河滩之上,嘶鸣了夏日的蝉儿,留下高昂的歌声,无影无踪。只有那秋蝉,在桂花树枝间跳跃着,正抓紧时间在排练,声音是那样的缠绵和轻柔,生怕惊动了谁。喜鹊常驻江边,雄踞在高大的柳树和白杨树上,四季里都在鸣唱,它是公园里最嘹亮的歌手,声音洋溢着和美与喜气。

我看到公园林子里,蹿跃着麻雀的身影,甚至还有画眉。它们嘴尖腿短身子小,可是动作迅疾敏捷,声音尖细悦耳。树枝间,电杆上,影影绰绰,叽叽喳喳,嗡嗡嘤嘤,一团又一团地从一个枝头飞到另一个枝头,从一根电线杆上跳跃到另一根电线杆上,丝毫不顾忌树上还有其他的鸟儿。一只喜鹊正刺破天空,领地被一群群娇小的、蛮横的麻雀侵占着,自己占了整个夏天的林子在瞬间就沦陷了,喜鹊蹲上了高大的白杨树梢,愤怒的眼睛俯视着低垂的柳枝,我分明感觉到了喜鹊的惆怅和失落。

秋水长空,烟波浩渺。白色的鸟儿从远方飞来,飞向江心,纷纷扬扬地落在石滩上,发出了轻微而欢快的笑声,像一条条柔软的丝带,飘逸在江面上。石滩上一个个雪团在移动,我揉揉模糊的眼睛仔细一看,原来移动的雪团是一只只雪白色的大鸟。哦!白鹭!站在桥上的我小声地说着,生怕惊扰

了它们，但我还是惊喜地叫了出来。它们微微地驼着，头和颈缩在身子里，那样子就像是南极冰川上的企鹅，这美的意境、纯洁的画面看上去多么富有诗意啊！江心的白鹭优雅，它飞，或是栖落，都是诗、是词、是散曲。那三五十只白鹭，有的倚在小船边，似乎在捉迷藏，"漠漠黄花覆水，时时白鹭惊船"。有的正立在江心的水渚边和石块上梳洗秀美。有的忽而扑入水中，亲吻江面，往水面跳，水花四溅，像孩子戏水；忽而立于石上，扑洒着羽毛，手舞足蹈；忽而栖上柳枝，轻盈、娴静，像那盛开着的白玉兰。

也只是数秒后，一群群的白鹭向江心石滩上扑来，白花花的一片。我想，看到的也许不只是那三五十只吧，在这水天一色中，白色模糊着我的视线。有的白鹭开始变换队形，在江心的上空盘桓，骄傲的姿态像是在庆贺自己的归来，"一行白鹭上青天"，我在心里默念着。那飞回来的白鹭，有的散落在树枝上，或相互依偎，或窃窃私语，享受休闲的时光。有的在水上翩跹，江心石滩就是舞池，一湾碧水就是幕布。白鹭，就是江心里优雅的舞女，舞姿倒映在水中，呈现出一种梦幻般的美。在这个清亮的早晨，秋蝉在桂树间低回鸣唱，雀儿在柳叶间欢呼跳跃，喜鹊在白杨上引颈高歌，白鹭在江心伴舞。

岁月流经，碧绿田野，嫩绿稻禾，清澈田水，白鹭嬉戏，神态优雅。"漠漠水田飞白鹭，阴阴夏木啭黄鹂。"白鹭立于田垄，忙着呼朋唤友，翩翩飞舞，去追逐着另一片绿色。我看到江心倒影中的白鹭，凝望着山之青、湖之碧、柳之翠。"江山得此方成画，撩得游人不忆归"。鸟儿的惬意生活让人羡慕，鸟儿每天早上出巢觅食，傍晚回巢，往来穿梭，交替飞舞，景象壮观。是绿水青山才让这里成了鸟的天堂。

## 熊山雪凇

熊山在湖南新化城北，是全县海拔最高的地方。进入冬季，山空鸟静，雨雪轻飘，熊山的寒意也比山下来得更早。寒风凛冽的傍晚，迎来第一场冬雨，雪凇就悄然来临了。

细细麻麻的冬雨开始飘洒，落在窗台上，落在树叶间，落在行人的身上。熊山的杜鹃树，花与叶已然凋落，留下光秃秃的树干和枝丫；芭茅草，被苍劲的冬风吹得东倒西歪；毛竹林，温润地抱在一起，矮矮的软软的。冬雨倚伏在杜鹃树枝上，耷拉在芭茅草的茎秆上，停留在毛竹林的叶面上，彼此怀着希望。

冬雨不大，不是满溪满沟地水涨，让人恨不起来。却也绵长，三五天不消停，空气中弥漫着寒冷的湿气，让人爱不起来。窗户上蒙了一圈一圈的雨雾，让屋内的人感知到冬天的寒冷。夜晚，我小心翼翼地在屋外走动，冬雨浅浅地打湿地面，忽然，我被路灯下的景致吸引，驻足观望，被寒风剥光了叶子的柳树，柔软的枝头垂吊在灯光下，枝节上挂满了圆圆的水珠。冬雨安静地停留在灌木丛和枯萎的枝枝叶叶间，枝丫间点点绿意焕发的生机，像是一粒粒玉洁剔透的宝石，闪着晶莹饱满的珠光。寒意侵入身心，但我希望气温能再低点，雨雾再多点，那样，熊山的雪凇会更加美丽动人。

清晨的熊山如我所愿，气温真的到了零摄氏度以下。细细的雨丝变成了漫天飞舞的雪花，杜鹃树、芭茅草、毛竹林的枝丫上，挂满了洁白的雪花，有灌木草丛的地方，就有雪凇。庭院、道路、山林、屋檐、路灯都被雪凇一同打扮起来。

正是欣赏熊山雪凇的好时节。

天明,我们像是约好了似的,将车停在了半山腰,大家都换上了冲锋衣,套上冰爪鞋,挂着登山杖,一起上阵。攀缘熊山,观雾景、赏雪凇。

熊山的峰峦之中,雨雪凝结枝丫,晶莹剔透,犹如白色的珊瑚缀满枝头。冰雨包裹着的雪凇里,有微微的暗红,那是还没凋谢的花蕾、花蕊;一丛丛、一束束、一蔸蔸的灌木和草丛披挂着雪凇,犹如身着白色铠甲的战士,威风凛凛、气宇轩昂。漂亮的冰碴和冰瀑,与山石互补。雪凇犹如开在冬日里的水仙花,扮靓了熊山的整个世界。

寒风冷雨里的熊山,草砂路上已经结起了一层薄冰。如果是第一次来熊山看雪凇,或者是没有经验的游客,走在路面,刚迈开腿,就会一个趔趄摔一跤,有经验的游客会走山间小道,踩着湿湿的泥土冻结的路面,"咯吱、咯吱"的踏雪声打破了熊山的寂静。俏皮的孩子会拍打着雪凇,冰碴飘散到空中,飞溅到人们身上,和呼出的热气融合在一起,让周围都变成白蒙蒙一片。

我们手脚并用,一步一步攀缘到熊山高处,那里是一个瞭望台,远远看去,瞭望台犹如一个纯洁透明的卡通人物。待你走近,瞭望台的四面墙和墙垛子上都披挂着厚厚的雪凇。我们登上瞭望台,环顾四周,洁白静谧,感觉天地间是一望无际的苍茫,远方的山际如一条长长的海岸线,脚下的山峰成了银白色的"沙滩",偶尔有一两个峰顶露了出来,如大海中的小岛礁。

萧瑟冬日,雪凇晶莹,置身冬景,我们顾不上抖落身上的冰碴,用心尽享这难得的宁静,享受大自然的神奇造化。雪凇的生命有限,只待阳光稍稍照耀,一个耀眼夺目的灿烂,它们就会悄然落去,化作一汪碧水流淌在大地的怀抱。我想,熊山杜鹃花年年开得那样的绯红与艳丽,是不是因为熊山的雪凇滋润了土壤?

## 三联峒随想

我们穿过喧嚣着的县城,驶入静谧的江滨大道,沿着资水一路向东,山道蜿蜒,斗折蛇行,沿途所见皆是奇峰相挽,险嶂相衔,所见之处,无山不翠,无水不碧,不时有细瀑似从白云生处跌落而下,注入深潭,汇入澄溪。同车的朋友说,我们现在所处的位置就是新化旧八景之一的维山叠嶂。只见青山高、峰峦叠、绿水长、悬崖峭,沿途有"暧暧远人村,依依墟里烟"。等到了维山四都的神象山,山势豁然平坦开阔,屋舍俨然,有良田茂竹、有鸡鸣犬吠。山中男女,古朴拙然,神态自若。

三联峒就位于维山叠嶂的核心景区之内,离新化县城三十公里。在神象山的入口处下车,我们便隐隐听到湍急的水流撞击岩石发出的声响。忽地听到有人在用力地呐喊着,顺着声源望去,却不见人,只见一束巨大的水柱从地底下冒了出来,足足有二三十米高,又哗啦啦地落下,雨点飘洒在我们的身上,凉凉的还有点微微的痛。有游客告诉我们,这是景区有名的声呐水柱,游客的呐喊声越大,水柱就会喷得越高,号称是天下第一水柱。看到旁边的一块巨石上篆刻着"中国第一喷"的字样,我们不置可否地笑了笑。

当地百姓说,三联峒是湘中最后的秘境,这里多山多水,多林多潭,多峡谷多瀑布。我们从冰泉峡谷左侧的小道向上攀缘,赶往龙脊峰。只见瀑布如偌大的纤尘不染的白色锦缎,从岩石上飘下,落入潭中,在巨石的分割下,下坠如喷珠溅雪,汇聚则如一大片银色的冰川,涌动而下。沿着枝蔓笼罩的谷中小道拾级再登,号称天下第一原木天梯的百丈木梯就在你的眼前,顺着一根根碗口粗的圆圆的木头往上爬,山涧溪水沿着原木顺势而下。我们无心观赏两边的景致,因为原木天梯都是凌空架在悬崖峭壁之上,脚底下就是深

渊，如果你一脚没有踩稳，整个人就会掉入下面的深潭，或者随着原木骨碌碌地滚下去。我是不敢这样去想了，一旦这样去想，我的双腿就会打战，全身都软绵绵的，双脚也碰不到原木梯子。我是双手死死地抓住原木往上爬，全然不顾有溪水溅湿衣襟，更无心去欣赏两边的无尽山色。

攀缘着原木天梯上来之后，有一小块平地，一些爬上来的游客在休整。有几个头脑活络的本地人在兜售着干毛巾和雨衣，甚至还有吹风机供游客们使用。我朝山涧两边看去，但见峰峦重叠，此起彼伏，险嶂嶙峋，怪石峥嵘，溪流潺潺，水花四溅，草木摇曳，苔藓生绿，相映成趣，构成了一幅绝妙的水墨丹青。面对大自然赐予我们的青山绿水，又有谁不为大自然的神秘而产生敬畏？！

同行的朋友说，坐下来休息吧，腿都在打战。话还没说完，就有灵泛的小孩拿了一瓶渠江红茶过来，我说，继续攀爬吧。很多的时候，我喜欢一个人独行，一个人行走时，能体会到融进山水的感觉。如果和几个朋友同行，也许朋友的气息会被无限地放大，也就少了人跟自然的沟通，更多的是听朋友的诉说和陪伴，而少了自己的意会和体味。行走的经验也暗示着我，千万不要在中途停下来，最好不要坐下来休息。人一旦坐下来，惰性就会侵袭着你的全部意识，也就不想再站起来。而且，你一坐下来，那玩味的气息也就停滞了，思绪也就不会再带着你回到原来的路径上，也就不连贯了。所以，我每去一个景点游玩，喜欢一鼓作气地把景点看完，习惯慢慢地走，走一段路，就停一下，或者站一会儿，或者靠着一个护坡，或者靠着一棵树，停几秒钟，吹吹风，看看周边的景致，散发一下自己的思维，再继续朝前走。

又来到了一条从下向上爬的钢筋栈道，两边有巨大的铁锁链可供游客攀扶，少了攀缘那号称天下第一原木天梯的惊险和刺激，便也有了欣赏四周景物的兴致，一路走一路看，有点胜似闲庭信步。在这展青叠翠的栈道两侧，我们不时可见南方红豆杉、楠木、银杏等珍稀树种，有锄头柄粗细的藤依附在大树上。它们葱葱长条抽，树外疑无天，显示着一种娴雅，一种沧桑，一种从容。无论如何，我都不忍心去折一根枝丫，摘一片树叶。在这很少能见到阳光的峡谷之中，我们怎能容忍用世俗的喧嚣来惊扰它们的娴静和生命呢？即使我脚下的那一朵小花和蕨草，也是吸取了天地的精华，才有大自然的神奇。导游告诉我，在三联峒，还生存着山鸡、穿山甲、娃娃鱼、野猪等珍贵动物。我们沿途没有看到这些动物的踪影，但是，我相信它们正在某一座山上或者某一条小溪中优哉游哉地过着无人惊扰而又惬意的好日子。

在钢筋栈道上走走停停，俯视脚下的一条条山溪，几乎不到百米，便有一个深潭突兀在我的眼前，蓬莱潭、莲花潭、洗尘潭、将军潭……这些潭无一不是口小肚大，深不可测。周边的浅水清可鉴人，而在深水处，发出幽幽的光泽。有俏皮的小孩，随手往潭中扔了一块石子，涟漪一波一波地荡漾开来，久久听不到回声。

三联峒，并不是山洞，是蚩尤时期梅山八十一峒之一。因为要"看得见山，望得见水，记得住乡愁"，才把这山水保护得颇为完整，现在它们已经成了当地百姓致富的"绿色银行"。而随着时间的推移，这山水的价值会更加地凸显出来。在我的心中，它是生态的，诗意的，也是美丽的。

# 登龙山记

去年的整个春节假期，我都一直沉浸在故纸堆里捡拾湘中的风物人情，拓印周边的各种府志，找寻着历史与现实的节点。龙山，一次次地出现在《宝庆府志》《湘乡县志》《涟源县志》之中，也就有了想登龙山的念头。

时令夏天，和友人会登龙山。一路上，我们把采摘到的黄菊花编成了一个个花环，戴在头上，既遮挡住了火热的阳光，又能闻着那一股股碰鼻的花香。有流泉蜿蜒而至山脚，叮叮咚咚。在泉水里浣手浴足，水是恰到好处的冰凉，心情更加轻松。攀登在青石板的台阶上，脚边有时还会遇到几朵野花或几根狗尾巴草，到得山腰，连风也是柔和的，吹拂在脸上，再加上天空中朵朵白云的点缀，让人有种仿佛身处仙境的感觉。走得累了，坐在山腰看山泉的小瀑布，哗哗的流水声飞泻而下，在水流经的地方，鹅卵石堆叠而出，有浅白色的石头，在碧绿的水中异常显眼，很是灵动怡人。山势渐险，走路也渐渐吃力，便把一边看风景一边走的初衷忘在脑后，只顾看着脚下的路。但一路上那些不知名的花儿，倒也开得轰轰烈烈，从来也不曾见过，又美到极致，忍不住又时时停下细看。群山次第低了，知道路不会太远，不由得加快了脚步。然后不到十数步，又不禁慢了下来，最后走走停停，抬头看上去，却还是莽莽的山和弯弯的路。沿着青石板路一级一级地往上走，抬头遥望远方，前面路旁矗立着一个古色古香的凉亭。远远地看到了"药王殿"三个镏金的汉字。知道终于离得不远了。我们在亭子里小憩了一会儿，看到亭边是沁人心脾的清泉碧溪，峥嵘茂密的林木繁花，感叹着龙山丰富的历史文化资源，成为传世于后人的风景名胜之地。

但凡湘中名胜，大抵都附会着一点传说。龙山也是如此。相传古时，龙山乃一片汪洋大海。在浩瀚碧波之中有一座美丽的小岛，名叫岳坪岛。岛上古木参天，繁花似锦，野果飘香，猿猴嬉戏。四周碧波荡漾，渺无边际，美若仙境。南极仙翁与菩提祖师同赴蟠桃盛会，路过岳坪岛上空，但见这里紫烟缭绕，瑞气蒸腾，就降下祥云，上岛游览。二仙兴致盎然，高兴之余，即摆下一盘棋子，弈棋为乐。南极仙翁不小心掉落一颗宝珠在地。夜晚，宝珠大放光芒，惊动了东海龙宫。东海龙王立即命令夜叉带领虾兵蟹将前往查看，发现了宝珠，却无力搬取。东海龙王即又令龙子龙孙四十八条小龙一齐上阵，誓要将其搬回作为镇宫之宝。谁知，正在众小龙四面八方扑向宝珠之际，天空中猛然传来一声吆喝："大胆孽龙，敢取吾宝。"原来是南极仙翁返回，寻宝来了。众小龙不知天高地厚，见有人拦阻，连忙丢开宝珠，上前迎战。南极仙翁站立云头，指头一伸，四十八条小龙立即僵硬盘伏，不能动弹，变作了四十八座山峰，岳坪岛也随之变成了一座高耸入云的岳坪峰。故事的传说倒是极神极化，也是出典有因。但巍峨而美丽的龙山，有四十八座山峰，其状似龙，倒是真的。

龙山，既是因为它雄踞湘中之伟而胜，更得有药王圣地之实而名，游龙山，既要观龙山巍巍，更要领略药王圣地。登百步云梯上得山顶，就可见"药王殿"三字。清《宝庆府志》载，龙山地区种植中药多达一百三十多种。历代药王医圣临此山者比比皆是。无论是神话传说中的古代神医神农、仓公，还是有史可查的汉代张仲景、唐代孙思邈、明代李时珍等，都曾与之结下不解之缘。汉代张仲景著《伤寒杂病论》，曾由昭陵县令陪同上山采药；唐代孙思邈更是长期居住在龙山，撰写《千金要方》；明代李时珍为撰写《本草纲目》曾三次赴龙山采集中草药。《宝庆府志》载，岳坪顶寺矣……唐时孙真人修炼于此。孙即孙思邈。现在的龙山附近，还有孙家桥、孙水河、医龙滩、治虎坪等遗迹。

龙山，亘古以来，一直未曾改名，这在湘中的风物中是绝无仅有的。清道光三十年（1850）的《宝庆府志》之《疆里记》记载："龙山在湘、邵接壤之间，其名自古未改。"清乾隆十三年（1748）《湘乡县志》载："山巅有池，池中多鲤，常有烟霞护绕。相传为龙所居也，因名。"足可资见证。其势之伟，其峰之高，《宝庆府志》之《疆里记》载：龙山修道老僧空如曰："侵晨望日出，岳坪顶更胜祝融峰观日出也。"其时清朝宝庆府人刘应祁在《游龙山

记》云:"邵境之山,惟龙山最大,而高等衡岳,其顶名岳坪,谓与岳埒耳,衡岳群峰四出,忽起忽伏,而龙山横亘数百里,一望如屏,幽崖绝谷,鸟道狷踪。"又据清乾隆年《湘乡县志》记载:"(龙山在)治西一百八十里,踞湘乡、安化、邵阳、新化四县之域,矗立高耸,环湘二百里外,望如阵云浮碧。"清同治年《湘乡县志》亦称:"龙山为湘邑山水之宗,盘亘数百里,迤逦而东。"1998年《涟源县志》载:"岳坪峰,龙山山脉主峰,海拔1513.6米,比著名的南岳祝融峰高223.6米。"故而,登临岳坪峰顶,游目百里之外,则邵阳、娄底、涟源、双峰、新邵、湘乡一带的秀丽山河尽收眼底,脉脉峰峦似丹青水墨,为湘中一登高远眺的极佳胜境。站在岳坪峰顶,可领略到《宝庆府志》中记载的"涟水自龙山东面发源""邵水出龙山"之状。

龙山旅游景点亦多,著名的有岳坪峰、药王殿、彩凤湖。《宝庆府志》之《疆里记》更有非常详细的古代人"登高临绝顶"的记载。有凤凰寺、小瑶池、宝石残月、将军石、猴头石、观音岩、情郎石、仙人石、藏金洞等,其溪流瀑布更是比比皆是,使人游览观赏之余,神驰遐想,陶然而醉。龙山成了国家级森林公园,2010年12月在龙山隆重举行了《药王龙山赋》揭碑仪式。巍巍龙山,药王圣地,千年龙山更得风韵,千年圣地更显风流。

# 夜宿南村草堂

今年春节,因为家里的原因,没有走亲访友,到初六,方才出门,一个人跑到了南村草堂,并借宿于此,圆了我三年来的梦想。

我因为治学和一本书的原因,对我市的一些历史掌故和风物人情很是熟稔。但是,对于南村草堂来说,我是迟迟不敢走进更不敢妄语,许是因为敬畏,许是因为惶悚。总感觉它的历史过于厚重,非我等能轻易看得到和读得懂的。亦犹如我得到一本好书,必先焚香沐浴方敢去翻开它的第一页。

南村草堂位于我市新化县曹家镇梓木冲村,是"湘学复兴导师"邓显鹤的故居。草堂背倚白崖,面临资水,笔架九华二峰遥相对应,群山环峙,资水悠悠,整个村落环境幽雅,水木清华。草堂是在邓家祖屋的原址上修建起来的,坐落于村子的正中央,由两进木结构的瓦房组成,为庭院式二重堂木质结构平房,距今二百余年,占地面积六百余平方米。原为三栋木房,现存两栋。草堂的前屋与后屋相隔五米,据《南村草堂文钞》记载,前屋主要是家居所在,后屋的一层是谷仓,二层是藏书楼。旁边有小宅名"听雨",取东坡兄弟"对床听雨"之意,是邓显鹤居家和读书的场所。一进朝门,便有一条青石板路通向草堂的前屋。后楼也是他和他的哥哥带领子侄们读书的地方。邓显鹤最重兄弟感情,一生最大的愿望就是能像东坡兄弟一样,和哥哥一起"对床听雨,南村耦耕"。作《南村耦耕图》表明听从其兄教诲的心志,即不当县令,只做学官。只可惜他的一生就像他自己所说的"谋食鸟",终年在外漂泊,和二哥云渠的听雨之约只能是一个美好的梦想而已。

在邓显鹤祖父的时候,邓家的房子可能更为简陋,因此他想要将它重修,但苦于财力不够,一直没有实现,到了他中举,有了固定的收入之后,他才

将房子重修,并定名为南村草堂。或许是邓显鹤的祖父曾在这个院子里种了很多的松树,并以苍松的气节来教育子孙,邓显鹤又将已经砍掉的松树补植,由此又画了听松图,遍请海内士大夫题咏,著名的有林则徐、魏源、姚莹等人。可以想见当时的南村草堂,一定是文人唱和,达官往来的;一定是松荫满庭、松针遍地的。邓显鹤一生也以苍松的气节自勉,他的诗句中有"贮胸唯有太古雪,作响都无凡木声",咏的是松,其实是自己精神境界的写照。

南村草堂得以名世,却不只是因为它的秀美风光,而是因为著名学者、南村草堂的主人邓显鹤。邓显鹤(1777—1851),字子立,别号湘皋,晚号南村老人,后人称湘皋先生。清代著名学者、诗人、古文学家、杰出的编辑出版家。一生著述四十多种,一千余卷,治学甚广。其成就除诗文之外,主要在于对湖南地方文献的搜集整理:《资江耆旧集》《沅湘耆旧集》的辑刊,《楚宝》的增订,《武冈州志》《宝庆府志》的编纂,《周子全书》《圭斋集》的整理,无一不关系湖湘文献与掌故。而首刊王夫之《船山遗书》,表禄衡阳学说,则其功之尤著者,宜乎湖南后学尊他为"楚南文献第一人",梁启超称他为"湘学复兴之导师"。湖湘文化精神自清初王夫之后,至道光、咸丰年间胡林翼、曾国藩、左宗棠之前,余音袅袅,不绝如缕,最终能得以薪火相传,实得力于嘉、道年间陶澍、贺长龄、贺熙龄、邓显鹤、魏源诸人承其余绪。而邓氏以一训导冷官,力挑斯任,其功与劳大有非他人所能及者。

湘皋先生自清嘉庆九年(1804)中乡举,后屡试不第,曾绝意仕进。长年漂泊,在外谋食,但这也锻炼了他的学问和见识,他游遍大半个中国,广泛地结识当时学界名人,彼此之间有很多题咏唱和;同时,因为他喜欢考证名物,对前人的墨迹有着浓厚的兴趣,经常将名人碑刻拓回来刻在南村草堂四周的巨石上,这为今天的南村草堂留下了许多名物古迹。

现在,随着时间的推移,昔日在这个村里显赫一时的南村草堂已是风雨飘摇,破败不堪,房屋的主体已经倾斜了,屋顶的瓦片与橡皮也脱落了很多,它的支离破碎的墙壁已不足以遮风避雨,只有它的主体,还倔强地支撑着,还有门前的那条青石板路,仍静静地、整齐地留在那儿,似乎在等着什么人来。

在南村草堂的屋前屋后,有两座小小的石山,山上怪石林立,各具姿态,间或有苍松修竹,极具林泉之胜。邓显鹤在家的时候,就会和兄弟子侄们一起在这里游玩,抖落一身的疲倦,享受故园山水的慰藉。在这些形态各异的石头上，也留下了很多的石刻，其中有他自己题的，也有在名山大川拓下来再刻上去的，保存完好的有三块。其中两块是在南村草堂对面的石山上，一块名"栖真"，一块名"桂堂"。"栖真"二字是邓显鹤的手迹，隶书，署"南村老人"，时间在道光丙午，即道光二十六年（1846），距今已有一百七十多年历史。两字的出处无可考，但邓显鹤一生做人作文，以"真"为第一要务，这也许有助于理解"栖真"二字的含义。"桂堂"二字是在道光年间，邓显鹤编写《武冈县志》时，从武冈山心圃临摹宋代周昉的手迹，带回老家，刻在家门口。后有题记，可惜字迹年久漫漶，模糊不清，只依稀可辨二字拓自湖南武冈，刻石时一大群子孙的名字也记载甚详。值得注意的是，桂树对于科举时的读书人来说是吉祥物，当时正是邓显鹤的孙辈们参加科考的时候，他刻这两个字于家门口，是对子孙们有所期待的。

在后山的一块大石上，拓摹的是南宋著名理学家张栻 1178 年在广西桂林西山公园隐山北牖洞崖壁上手书的"招隐"二字。传统的士大夫总是在朝廷和林泉之间徘徊，邓显鹤也不例外。他二十八岁中举之后，经过了二十多年很多次的京试，直到五十岁才做到一个训导的冷官，《清史稿·邓显鹤传》中记载说他"厌薄仕进"是不合事实的。那个时代的读书人读书求官是一条谁也不可避免的必由之路，只要能在求官与做人之间做到了无愧于心的平衡，也就无愧于贤者的称号了。邓显鹤是无愧于此的。虽然他郁郁不得志，但他从来没有因为求官而丧失做人的尊严，损害人格的完整。他也在归隐和求官中进行着艰难的抉择和挣扎。虽然他一直没有在浑浊的仕途中挣脱出来，但他始终给自己的心灵留有一条走向林泉的退路，那就是他那深藏于新化梓木冲的南村草堂。我想，这也是他将"招隐"二字刻于山后的最主要的原因。当然，他对于张栻的学问也是非常仰慕且引以为自豪的，他的诗文中常有"屈宋家人里，朱张讲学邦"之类的句子，其中，"张"即宋代的理学大师张栻。

在新化县曹家镇梓木冲村通往小洋乡的山路上，曾经坐落着一座规模宏大的建筑——还遗金阁。当我从手头的文献中发现它时，是发出了"还遗金阁今犹在"的喟叹的。还遗金阁距南村草堂约一里，此阁是邓显鹤的曾祖父岩隐先生拾金不昧事迹的见证。《宝庆府志·国朝耆旧善行传》和同治《新化县志》记载：岩隐先生在村边的山道上捡到一包银子，在拾银地等了两天，

终于等到了失魂落魄、正想投江自杀的失主。失主欲以重金致谢，不受，乃以巨金在南村东端的山头上建"还遗金阁"。事迹上奏清廷后，皇帝有旌表，州县长官有奖励。宝庆知府和新化知县共同立碑，由湖广总督裕泰亲笔书写"邓赠君元臣还遗金处"碑文。只是这位当时的封疆大吏怎么也想不到，时隔一百五十余年之后，他的亲笔题词会被用来作为水塘的防眼，而且居中被钻了一个大孔。还遗金阁的规模和影响也越来越大，可惜后来毁于战火，规模宏大的建筑已是荡然无存。如今遗留下来的，只有几块残缺不全的石碑。一块是由邓显鹤撰，他的儿子邓琮书写的《还遗金碑书后》。这块碑当时是立于道旁，向路人宣扬还遗金阁的来由的，立碑的时间在道光二十九年（1849），也就是邓显鹤去世的前两年。邓的一生，汲汲于湖南地方文献的搜罗整理，想借此来挽救日益凋敝的世道人心，即使到了晚年，还是如此的努力。其用心之勤，令人叹服。随着这个故事遗存下来的，还有岩隐先生那种不为利益所迷惑的高风亮节。今日的南村，虽然地处偏僻，经济也不甚发达，但大多能安分守己，固守祖宗遗传下来的精神遗产。在谈到今日的社会风气时，他们会进行尖锐的批评，并以祖宗的品质而自豪；在接待外面的客人时，他们热情纯朴。他们最大的愿望就是政府能确认这里为文物保护单位，恢复和保护那些正在流失的文化遗产。

作别南村草堂时，我来到村头邓氏祖坟中邓显鹤的墓前。由于长时间无人祭扫，坟墓上枯草一片狼藉，一片萧条。昔日由曾国藩亲自撰写的墓表，感叹"先生乃举湖南之仁人学子，薄技微长，一一掇拾而光大之，将非长逝者之所托命耶？何其厚也！"左宗棠为之书写丹篆，并赠挽联"著作甚勤，四海才名今北斗；风流顿尽，百年文献老南村"的墓表及碑联，已不复存在。我所能凭吊的，唯有南村老人的精神。这些东西，对于后来者的我来说，只能从故纸堆里找寻着先人的一种精神和对文化的一种寄托，而存于斯的风物已不在。

纵有千年铁门槛，终须一个土馒头。一代哲人，委化之后，占据的也不过是这么一丁点儿的地方。也许，死后的哀荣与生前的富贵一样，对于长眠于此的这位南村老人来说，都不是顶重要的，他想要的，就是那种长存于天地间的精神。

那才是世世代代，光景常新的。

# 青山探春

家的后面是青山,现在,成了青山公园。

今年春节,春天似乎来得格外早。难得的好天气,天很蓝,阳光很好。"爬山去!"孩子的建议得到了大人们的一致赞同。

信步走在铺着红砖的甬道上,小心地绕过萌发在红砖缝隙里的小草,蜿蜒而上走了大约三十分钟,路的尽头,是一处削平的山头。站在这里,极目远望,四周峰峦耸峙,沟谷回环,气势壮观,青绿色的山上,蛰伏着明亮的阳光。

沿着山径走,半山腰右拐,是一处小荷塘,塘埂上有几株粗壮的柳树,柳枝上已有了细微的嫩芽和点点绿色。一只不知名的小鸟孤独地站在卷曲残破的荷叶上,左右张望,时而低鸣,它大概是在寻找那昔日的"四面荷花三面柳"吧。鸟声是能够润泽春色的,尤其是在春晨。我在心里想着。

再往上,越过几道山脊和小径,不经意间,路边灌木、径中树林、山脊上空倏然传来麻雀、画眉、鹧鸪那忽高忽低、忽远忽近的鸣叫,好似一群归乡的游子,张开翅膀拥抱着青山上的一草一木,也拥抱着抬头送出笑脸的行人。这是鸟儿在向大家问好,在它们的歌声里,每一个音符都生发着绿色的春意,就像花朵爬上春天的枝头轻声耳语——又一年春暖花开,我们回来了。

一只、两只,接着是无数的鸟雀从眼前掠过,鸟声在耳畔萦绕,叫醒这座城市。它们窸窸窣窣地跳动,振翅,弯头清理羽毛,腾挪翻越,从一根枝丫到另一根枝丫……而此时,太阳已完全爬上青山,煦暖的光线斜斜地照在人们身上。

"小燕子,穿花衣,年年春天来这里……"孩子情不自禁地唱起了儿歌。

儿歌里的小燕子,飞过了童年的天空,飞到了我们的身边,飞到了青山之上。鸟雀啁啾,燕子归来,万物有了春的垂青和生意。

松树、桂花树、银杏树、柳树、樟树、山苍子,还有很多叫不上名字的灌木,都披上了淡淡的绿装,在枝节间眨着青绿与鹅黄。山峦褶皱间的小亭台、观景阁、牌坊亭等仿古建筑,以及山脊上蜿蜒向北的长廊,高低参差,错落有致。匍匐在斗檐和廊柱上的虬枝,萌生着无穷的绿意,焕发着旺盛的生机。置身于满眼绿意的世界里,我的手脚不敢随意地乱动,生怕一不小心,就碰撞到那些绿色的小精灵。

我们登上青山巅,观看小城初春的容颜,看绵延雄伟的雪峰山余脉,看蜿蜒东流的资江河。横跨在资水上的渣洋铁路大桥,南来北往的客货列车,风驰电掣般行驶在湘黔铁道线上,铁路上条条钢轨,在阳光的照耀下散发着熠熠光芒,串起城东生态小城;新城大桥连接着娄怀高速公路与省道、市道和乡道,那一条条草砂油路面在阳光的映衬下,像一条条透迤的乌龙,贯通东西南北。山下,节后的小城,少了节前的喧嚣和浮躁,变得纯洁、宁静,整个城市散发着茫茫诗意。马路上,身穿橘红马甲的"马路天使",挥动扫帚、铁锹,扮靓着整个城市;年轻的"志愿者",在一个个十字路口,劝导着行走在春天里的人们。山脚下,田里关有浅浅一洼水,远看如镜,映得云白,映得山绿,映得树翠。稻田里,满是翠绿小草,老黄牛漫步其中,悠闲地吃着草儿。它们一定知道,春天已经来临。

春日里的青山像一个稚嫩的孩子,羞涩、优雅、恬静。起风了,湛蓝的天空中有云朵悠然地朝我们飘了过来,棉絮般洁白、轻盈,如同我在春天里的心情……

第三辑
# 印痕·沉思

# 端午里的乡村文化记忆

火把形状的庄稼,燃烧在丰收的季节。

麦子,乡村普通的农作物。茎秆挺直,流苏般的顶穗,剥除柔软的外衣,紧实光润的籽粒嵌满其中。当它们铺满乡村的晒场、屋顶和道路,阳光和风使它们渐失水分变得金黄、坚硬。日子也是如此,一天一天,一年一年,如麦粒从穗子上渐次般剥落,沧桑而又饱满,均匀摊晒着的麦粒,就像光阴凝结的一层月色。

这是农历五月的乡村。稻禾葳蕤,绿意盎然,只有麦子,生发着成熟的金黄。村民也有了短暂的休闲,便忙着春节后的一个重要节日——端午节。清代康发祥的《竹枝词》云:"过了好春将五月,龙灯闹后闹龙舟。"五月初五是端午节,又有端五、重五、重午、蒲午、端阳、女儿节、浴兰节、天中节、天医节、地腊节、龙舟节、粽子节、诗人节等多种别称,是我国传承了两千多年的重大节日之一。这期间,村民们会进行驱瘴逐疫、包粽子、做包子、赛龙舟、吊屈原等活动。南方沿江沿河各地,大多建有屈子庙,在端午节这天,村民们群往祭祀,焚香礼拜,或者抬着屈原神像在村间游行。吊屈原活动以"龙舟竞渡"最为隆重热闹。在乡下老家,资水河畔,每年端午节,龙舟鼓楫,钲鼓喧鸣,彩服鲜衣,共斗轻驶。男女观众或乘潮解纤,或置酒临流,或缘堤夹岸,骈首争观。太阳落山仍然不愿离开,蔚为壮观。

资水上的龙舟,打造都十分讲究,龙舟一般要在节前修造好,整个龙舟狭长,长十余丈,中间宽四五尺,龙须离水二尺。龙额和龙脖子坐六七人,龙尾坐一二人,再加上跳龙头者、击鼓者、划桨者,不下五六十人。五月初一,龙舟下水,仪式感也是满满的,必须请龙祭龙,一般会在初一的午后,参加赛龙舟的人，在村里或者族里德高望重的长者带领下，礼备三牲，都到龙王庙集中，焚香燃烛，祭祷龙王后，在龙王头上披挂红巾，然后将龙首、龙尾迎下小舟，龙首置于船头，龙尾置于船尾。水手数十人，唱着统一的号子，拨浆前行。龙舟下水，会选择好时间和地点，也是为了有一个好兆头，一般会选择在江身不大不小、没有湾环的水流不急不缓的平直水道上进行。乡间的各村各族都修造有龙舟，与其他村、族的龙舟竞渡。每艘龙舟以一人擎旗，一人鸣钲鼓，数十人分坐左右以浆划水，其行如飞。竞渡开始，惊涛涌起，击鼓声、跳龙头者的歌声、划桨者的呐喊声以及岸边围观者的喝彩声，声浪交织。舟去而水痕久不能合。只要是临江临河的乡村，龙舟竞渡整个五月"乡乡有之"，男女老幼也是倾村出游，周围数里几无驻足之地，河中龙舟、小船鳞次栉比，水中、岸上的欢声笑语遐迩能闻。

"人看龙舟舟看人，人行少处少船行"。龙舟竞渡作为乡村一项体育娱乐活动，很受乡民欢迎和喜爱。五月初一龙舟下水后，有喜好的年轻人自发组织来划龙舟，唱着龙歌、跳着龙舞，一齐挥浆训练。待到初五端阳节的时候大展身手。训练有素的划桨手会着统一的服装，在指定的水道，挥浆划舟。两船比赛时，岸上锣鼓大作，鞭炮齐鸣，龙舟舟首执旗者，在龙首和着划桨者的节拍，跳着龙舞，不停舞旗，大喊助威，同时会发出极为古怪的叫声。而在舟中击鼓者，更是用尽了全身力气，双手击鼓，还要附和着跳龙舞者的节奏，击鼓助威，地动山摇。坐中的划桨者和着跳龙舞的节拍，踩着鼓点，一齐用力挥浆前行。及至胜负分晓，两岸观者掌声雷动，大声欢呼，直至夕阳西坠，尽欢而散。

从初五端阳到十五，每天的午后，或在夕阳快要落山的时候，居住在河边或者喜爱划龙舟的成年男子，会自发地组成龙舟小队，坐在停靠在岸边的龙舟上，悠闲地划着龙舟，看着夕阳西斜，渔歌唱晚，那倒是极为惬意的。到了十五，我们乡下又称之为大端午，照例会有龙舟竞赛。特别是到了晚上，沿江沿河各村、各族的龙舟队主事者会聚拢在一起，抛开龙舟比赛时的胜负、荣光和恩怨，一起划着一条小船。小船里装着乡亲们用新麦面粉做好的包子、馒头和粽子，小船里还会放一条编好的草船，点上桐油灯或者一根香烛，顺着河岸，轻轻地划着。船上的人在商量着来年的龙舟竞渡，然后，会在一阵絮絮叨叨念念有词中，将草船点燃，将包子、馒头、粽子抛洒在江河之中。

这是为了祭祀屈原，也是祈祷龙王爷保佑沿江沿河两岸的村民。

除了划龙舟外，端午节的时候，在我们乡下，还有斗草的游戏。斗草又称"斗百草"，是乡间民众特别是小孩和妇女们十分喜爱的娱乐活动。早在南朝时期就十分盛行，一直到现在，我们的乡下仍然流行着在五月初五这天"四民踏百草，又有斗百草之戏"。斗草以花草为比赛对象，或斗花草的种类，或斗花草的韧性。由两人各持花草，并使双方的花草茎相交，每人各执自己花草茎的两端，然后朝自己方向用劲拉，谁的花草茎断了谁就输了。

"楚人悲屈原，千载意未歇。""五月五，吃粽子，赛龙船，过端午。"简洁话语，千年习俗，成为照亮乡村的风景和颜色。

## 渠江寻源探新貌

山村虽小，却是一个精彩的大世界。

站在奉家山的土地上，抬眼可见云雾缭绕的奉嘎山峰，若隐若现。山脚下是奉家山的母亲河——渠江。时值初秋，暑气仍尖锐逼人，锐利的阳光就像针尖一样从每一个毛孔扎入体内。约了几个朋友，一起去渠江溯源。

渠江之源，位于新化县奉家镇的奉嘎山上。我们沿渠江姑娘河段溯溪而上，涉水而行，河水浸透着一股凉意，溪谷里有很多的古树、巨藤、奇石，还有许多不知名的花草与蝴蝶。我们或坐或卧于溪水岸旁，倾心听着山泉，亲吻着溪流，任凭纯净之水洗去一身的浮华。经过三个多小时的水中跋涉，终于来到了渠江之源。源头清澈的碧水静静流淌，层峦叠嶂中雾霭升腾，仿佛徜徉在时光隧道之中。这里是渠江之源，是青山绿水之源，也是大自然之源。

但是，我想寻找的，仅仅是渠江发源之地吗？

沿着"村村通"乡村公路，我们一路前行。公路像一条柔软的乳白色网线，傍着山，临着河，优雅伸展，在绿丛叠嶂中，连缀起一个个院落、村寨，连接起一栋栋小别墅，将优美的山村定格成一帧帧素雅的水墨画。在大山深处，路与河，就像树与藤，相依相偎，交织缠绵。

经过一处茶园，"无二冲贡茶园"几个大字映入了眼帘。"精准扶贫示范基地""青年创业基地"的牌子格外耀眼，满坡的绿意也在向我们招手。一对荷锄而归的男女，正从那一垄垄茶园中走来，我忍不住和他们攀谈起来。男子健谈，声音爽朗地跟我们说起了这片茶园。"精准扶贫算是扶到点子上了，"男子感慨万千，"不然我会打一辈子光棍。"说完哈哈大笑起来，站在他旁边的女子，立即羞得低下了头，眼睛里却满是爱意和希望。原来男子就是山里

人,以前守着大山日子过得惨兮兮的,四十好几了都没娶上媳妇。几个山坳,几亩望天田,三两间土坯房。上镇里打个转,都要一天的时光,哪个女子愿意嫁到深山中来呢?

然而谁会想到,精准扶贫却解决了山里汉子的老大难问题。扶贫工作队来了,绿色产业和乡村旅游的完美结合成了精准扶贫的良方。无二冲贡茶园、墨溪岗茶旅园、渠江源茶园如雨后春笋般生长在奉嘎山上。茶园老板的招工信息也出现在乡亲们的微信群里。"来茶园务工,包吃,工资一百元钱一天。"能在家门口把钱挣了,谁不愿意来呢?不但本村的乡亲来了,外村的乡亲也都寻上山来。这中年男子身边的女人,就是邻村寡居多年的贫困户。俩人在一起务工久了,慢慢萌生了感情,悄悄地走在了一起。不知什么时候,茶园老板也来到了我们中间。"他俩做事可是一把好手啊,俩人每月有六七千元的纯收入。"他兴奋地说道,"我和扶贫队长商量了,要他俩早点把酒办了呢!"

山林里,茶树争绿,山色空蒙,山脚下,溪水潺潺。奉嘎山百姓的日子,也如同山涧一样,细水长流,滋润美好。奉嘎山上,渠江源边,四百年的老茶树,穿越时光静静地守候在茶溪谷,这里是黑茶之源,是贡茶、薄片之源。回望满坡茶园,这一片青山绿水,不就是一座座金山银山吗?

我似乎找到了真正的源头,但似乎又没全找着。

我们继续往前走,在省级文物保护单位奉家山竹园公馆,我们停了下来。1935年的秋天,贺龙、任弼时率领红二、红六军团进入新化奉家镇墨溪岗,在奉家山竹园公馆成立了军团司令部。在奉嘎山一次战斗中,红军歼敌一百五十多人,牺牲二十余人。为了纪念牺牲的红军战士,此地修建了无名红军烈士墓,并将地名改为"红旗界"。

站立在修葺一新的竹园公馆,静静流淌的渠江,荡漾着历史的回响。红军当年走过的路,如今在党的精准扶贫政策指引下,已成为乡亲们奔向小康生活的康庄大道。

站在历史与现实的交会处,我想我终于找到了渠江的"源头"。

# 年画记忆

记得童年时,年画与春联是牢牢地捆绑在一起的,是老家过年必备之物。

我的家乡,是湘中的一个普通村庄。那里有一栋栋低矮的砖瓦房与历久如新的木板房错落有致地镶嵌在山坳之中,经年不改的颜色,与父老乡亲的品质一样,土得直掉渣,结实地站立着沐风浴雨。每到年关,村庄就要热闹一阵,当然离不了年画和对联的装扮。进了腊月特别是祭了灶王爷后,老家就开始张罗过年,打扫房屋、浆洗被褥、张贴年画、杀猪宰鸡……在众多"忙年"的年景当中,最美的是年画,人们把自己想要获得的,都写出来画出来贴出来,俯仰之间,满眼的喜庆满怀的希望。正像母亲常说的:"只有贴上年画春联,才算真正过年。"

只是在我的老家,远离了大城市,文化生活单调贫乏,其节奏和步伐较之其他地方也是慢了半拍。不过,也还好,年是落不下的,年俗也是落不下的,而且同样丰富淳厚,蕴含着地域特色和乡土情调。

每到腊月,村子里便可隐约听到稀稀拉拉的鞭炮声。那是小伙伴们偷着揣到外边燃放的小鞭炮或摔炮,声音不大却轻轻唤醒了家乡迎接新年的喜庆脚步,唤来了一幅幅鲜活多彩的年画。

在记忆中,乡下忙年的气氛是那么富有生机,那么和顺,那么喜庆。腊月二十四,是民俗中的"扫尘日"。扫去家中的一切尘土,除去一年陈旧的气息,迎接新的一年。乡亲们最先忙的便是洗刷刷。这个时候,母亲照例会为父亲烧烤一坛醇厚的米烧酒,烤酒时的热水正好可以用来洗刷家里的物件,洗桌洗凳、洗碗洗盆、洗缸洗灶、洗门洗窗、洗澡洗衣,甚至冲洗地坪。只要是能洗的,件件都会洗一遍。新年新年,讲究的就是新,这个时候,村里

的人家开始为年勤勤快快地忙碌起来。父亲也不例外，会将闲置着的锄头、犁耙、风车、箩筐、打谷机等农家物件，一样样地洗刷好，拾掇好，放置到杂物间。同时，父亲还会非常郑重地将陪伴着他的一个木制的粉笔盒洗刷得干干净净，放到一个显眼的地方晾干，那可是父亲赖以养家糊口的工具。那些平时看上去极不显眼的物件，洗刷之后，也秀气起来，有些物件，灰尘和泥垢被洗刷干净后，会泛出岁月的幽光，显得古朴又厚重。而父母忙年的背影，成了一幅幅生动而又真实的年画。

老家是木板房，到了年底，父亲便会自做一瓶糨糊，把从学校带回家的旧报纸糊在木板墙上，我用刷帚头往报纸上抹糨糊，父亲就将报纸往墙上贴。墙面一新后，便往墙上贴年画。贴年画是糊墙的重要环节，也是一场忙年战役的收官之战。

一个小小的木板房，窗户上糊了窗户纸，光线暗淡又很压抑。把报纸糊在墙上，是蓬荜生辉；而把年画贴在报纸上，立马锦上添花，整个屋子里年的氛围鲜活灵动起来，溢出轻松愉悦的新春气息。倘若是喜欢风雅的人，再买一帧三幅或是一张较大的画贴在新糊了报纸的墙上，那简直是美轮美奂。

记得小时候，我家年年都会贴上一幅崭新的年画，选年画的事都是由父亲一手操持着，具体买什么内容和形式，也都是由父亲一锤定音。父亲那时的年龄也不算老，恰是人到中年的样子，对生活和未来充满着希望和憧憬。那时村头的供销社还设有一个专门卖图书的门市部，专门卖年画，从门市部的这头挂几根铁丝一直牵引到门市部的那头，铁丝上会挂很多张年画的样品。每张样品年画的下角都贴着序号标签，我们从中筛选出中意的年画，店员马上对号从柜台里找出来，非常地熟练又极有规律，秩序一点也不乱。如果去晚了还买不到称心的年画呢。

年画牵着我的童心。一到过年，我的心就像长了草似的，会跑到供销社仔细地看一遍年画的品种，还会用笔将年画的名称和价格记下来，然后回家告诉父母，一起商量着好确定买哪一幅年画。有时候即使不买年画，路过供销社的时候也要进去看一会儿，饱了眼福后，方才背着书包一步三回头地离开。

我们全家都爱年画。父亲喜爱《岁寒三友图》《松鹤延年图》等有山有水有字联，喻示生活美好、五谷丰登的年画；母亲喜爱家庭幸福、儿女情长的《莲年有余》《平安富贵》等年画；我和弟弟喜爱童话世界和战争故事的年画。

随着时间的流逝，我们家成员喜爱的年画，也随着年龄的增长而变化着。我爱年画，是从小就受"家庭熏陶"爱上的。到谁家串门，或跟小伙伴玩，都要先瞅几眼人家墙上的年画，有时候还会和大人一起评头品足，争个面红耳赤。

我记得小时候母亲给我们讲的年画故事：从前有个孩子在墙上贴了幅小姑娘抱着大鲤鱼的年画。在孩子生病的时候，鲤鱼姑娘就会来给他做饭；在孩子晚上睡觉的时候，鲤鱼姑娘就会给他盖好被子；在孩子读书不努力的时候，鲤鱼姑娘会辅导孩子读书。每到故事结束的时候，母亲便会大声说：鲤鱼跃龙门啰……母亲读书不多，当母亲把听来的故事并不完整地讲述给我们听的时候，我们还是会感受到那象征吉祥美好的意境和希望我们努力读书跃农门，让鲤鱼跃龙门变成现实的美好憧憬。我们能感受到从年画中演绎出来的神话故事不但魅力十足，还感动着我们美好的童心世界。

在过去的岁月里，年画曾伴随着我们度过一个个春节。每逢新年的时候，总爱回忆儿时的年味儿，回忆那山那水那些人，还有那忙年的年味和年画。

如今，儿时的年味，成了一抹挥之不去的乡愁，流淌在血脉里的那种乡村年俗的基因却没有变。年画，是一段岁月的回眸。

# 我们是酒鬼

那天晚上,我和老袁站在二号岗亭下面等老侯。陆陆续续有出租车不时在我们的身边停下,又离开,偶尔有一两个人从车里钻出来,羚羊一样跳,溅起的雨水发出脆裂的声响。

"不是老侯。"老袁说。

"当然不是,老侯没有这么好的身手。"我说。这深更半夜的,又下着雨,老侯不会那么敏捷吧。我是这样想的。

老侯走路就如一条耷拉着脑袋的老狗。毕竟是上了年岁的人了,又整日与酒打成一片,也许这家伙正依偎在某一个温暖的地方。我和老袁都这样猜测着。

街上没有什么行人,一辆汽车驶过,在下一辆汽车驶过之前的这个间隙里,眼前的这条大街显得极不真实,街的两边是密密麻麻的高架灯杆,每根灯杆上悬挂着几只灯笼,无数的灯笼是如此的严谨和庄重,又是偏执地排列着。一到天黑,灯笼便莫名其妙地亮了起来,是如此整齐划一,闪闪发亮。只是那些商家自行悬挂的灯笼,便显得零乱和臃肿起来,生意好的商家自然是开业了的,也将灯笼打得通亮,生意差的干脆没有挂灯笼,即便挂了,也不会让它亮起来。只是在这夜风冷雨中,灯笼也显得极不情愿地在雨中漂浮,汽车的灯光闪耀着,整条街道倒也显得繁华和气派。

已经快半个小时了。老侯还没有到。三月的深夜还是春寒料峭的,况且还下着雨,风也在肆虐地刮着。

"别傻等了,我们还是进去吧。"老袁说。

那天晚上老侯一直没来,手机倒是能打通,但一直没有人接。我和老袁分析了各种可能性后，一致认为他肯定是喝醉了，或者正依偎在某一个温暖的地方。实际上之前老侯给我打电话的时候，听声音和语气就已经表现出酒精型的亢奋了，在一派嘈杂声中，老侯声嘶力竭地叫道："好的，你一定要来，就到二号岗亭的灯牌下等我。"说话断断续续、语无伦次。

二号岗亭那有个零点酒吧，一根硕大的镭射灯柱刺穿着整座城市所有的街道，暗影里是狂舞着的年轻人，混合着酒、汗和香水的味道，里面的空气是浑浊的、暧昧的。不知从哪个角落里发出的声响震动着街边的车辆，此起彼伏的尖叫，犹如一颗巨大无比的心脏在跳动。我和老袁走进酒吧，看上去都有点神情恍惚，该睡觉的时候，我们却离开各自的家，穿过雨夜，来到酒吧。然而，我们的年龄和穿着与酒吧和酒吧里的人群又是如此的格格不入。而该等的那个老侯又不知道在哪里。

我们喝酒吧。老袁说。

老袁一仰脖子，又灌下去一听啤酒。他已经喝了十多听易拉罐装的啤酒了，桌子下面都是零乱的易拉罐瓶子。刚开始的时候，老袁还会把易拉罐的瓶子用力地拧成一团，后来干脆就是拉开罐盖，一股脑地将啤酒倒进肚子里，然后将罐子随意地往后一扔。老袁一听接一听地灌下去，喋喋不休地说话，两只干巴巴的手在空中失控地飞舞，他的肢体显得很不协调，只要稍一起身，就会一个趔趄倒在桌下。如此喝下去，老袁是会酩酊大醉的，而我将不得不拖着一个张牙舞爪、大喊大叫的酒鬼穿过大街小巷，直到把他扔到他的床上，所以我怀着千万不能让他先醉的决心，也赶忙灌下去一杯，清冽的啤酒顺着喉咙冲向我的胃，在这闷热的环境中，冰冷的啤酒倒也是沁人心脾。

这时候，我看到了老侯，他正倒在一个打扮时尚的年轻女孩身上，一动不动，眼睛也是眯着的。吵闹的环境和混沌的气味丝毫与他无关，偶尔还能听到他的鼾声，而那个时尚的年轻女孩正用她的双手很小心地托着老侯，一动不动。

我才懒得去理会老侯，他恐怕早已喝醉了，估计忘了我和老袁在等他，我是这样想。我跟老袁说我在酒吧看到了老侯，老袁似乎听到了，又似乎没有听到，只是在嘴角含混不清地支支吾吾着，我也懒得去理会老袁是不是听到了我说的话。

我终究只能看着老袁慢慢地喝醉，我不忍心将自己灌醉，实在是找不出

我应该醉的理由,因为我还在时不时地提醒着自己,是我把老袁喊出来的,我不能像老侯那样放任不管。

我几乎是用尽了全身的力气才把老袁侍弄到他家门口,并把他交给了他的妻子。我当时是用很大的力气捶打着老袁家的大门,虽然我知道深更半夜那么大的声响会打扰别人,但是我丝毫也没有顾及。当老袁的老婆从美梦中惊醒的时候,她看老袁和我的眼神就像看一堆破烂和一个收破烂的干瘪老头。我看到她那惊吓的眼神时,感觉她现在恐怕是从噩梦中醒来。我是不管三七二十一了,赶紧转身下楼,我听到了身后的铁门发出的巨大声响,我继续扶着楼梯往下走,感觉到点点滴滴的苦涩和伤感。

我软绵绵地走下楼梯,瘫坐到了地上,雨水从我的头上淋了下来,我感觉到了莫名的清醒和兴奋,可是我却无力站起来。我想起了老袁,想起了老侯,但是我更多的想到了我自己。我怎么在这里呢?我怎么会淋着雨呢?我怎么能喝醉呢?

可是,没有人会来理我。

夜已经很深了,所有的人都进入了梦乡。

我清醒地听到了狗吠的声音。

# 变　迁

## 一

回忆让时光的流逝变得柔软。

## 二

我是一座被废弃的建筑。很久以前,我被称作厘金局,后来又做过战备仓库、集体食堂、公社礼堂。白天,我看着资江在我面前奔流不息,时光的流逝就像一首变奏曲,有时是雄壮的毛板号子,有时是欸乃的渔歌,有时是悠长的客轮汽笛。到了夜晚,四周漆黑一团,到处是一片昆虫交织的鸣叫……当岁月在屋檐下老成青苔,风雨沧桑了我的面容,时光在身上留下了一道一道深深的伤痕——我绝望地感觉到自己行将老去。

我至今仍然清楚地记得,那是一个阳光灿烂的上午,一群充满朝气的年轻人,唱着歌走向我。他们轻快地整理我庭院中的瓦砾,清扫屋檐下交织的蛛网,清除掉地上狼藉的杂草。他们是如此的年轻,又是如此的充满活力,在四月的微风里,我甚至能听到他们胸腔里的那颗心在怦怦地跳动。他们用白色涂料抹平我身上的累累伤痕,然后在墙上写了"地税大楼"四个大字——这是一个全新的名字,从此,我就以这样的身份与这座城市一同成长。

这是一群税收管理员。虽然,负责市场税收管理的小刘身上常常夹带着一丝怪味,负责煤炭税收的小张常常是一脸乌黑,负责石灰厂税收管理的小李经常看上去是满头白发,但都丝毫无损于他们的激情。他们肩上背着一个

挎包，兜里揣着几本税票，有时还带着算盘，来去匆匆，风雨无阻，穿行在城市乡村，大街小巷。每天忙着走村串户，熟悉企业和个体工商户的生产经营情况，建立和核实各类台账，核对猪牛存栏数据，登记车辆数据，进行税法宣传……一个月下来，他们的腿都跑细了，鞋子跑烂了，似乎成了一名地地道道的"村干部"，一名实实在在的"户籍警"。

他们也曾为纳税人的偷税抗税行为而苦闷着，也曾为提供快捷方便的办税服务而思索着。他们偶尔也有失意的委屈，但那不过是激情澎湃的海洋里一股一闪即过的暗流，他们就像大海中那一阵猛似一阵的潮，不断地向一个永远没有尽头的高度激荡。他们在税收工作中跋涉着、探索着。

我觉得自己也越来越年轻。这种感觉真好。

## 三

我惊喜地看到，身边的城市正在以一种飞快的速度成长：马路宽了；房子高了；物资多了；山水活了；城市绿了；人们的脚步也变得越来越轻盈了……

我深深地知道，这其中有这些年轻人的功劳——他们像其他建设者一样，为了这座城市的繁华，付出了太多的努力和艰辛。曾经贫瘠的土地因为税收血液的灌输而有了青春生命的律动。这群情感丰富的年轻人，有收获后的欢笑，挫折时的泪水，被人误解的委屈和失落时的困惑——没有谁比我更清楚他们的酸甜苦辣。

但是，这一切都丝毫无损于他们工作的激情和效率，他们是这座城市的建设者中一个最特殊的群体，他们辛勤的工作不断地为这座城市的发展注入最充沛的动力。

在漫长的岁月里，我想通了一个道理，这个世界是在不断地变化的，只有适应这种变化，才能获得更长久的生存。

我想，我的变化也快要来了。

终于有一天，他们又都离我而去，只是不再像他们来时一样，那么步履轻快，满脸欢喜，有的人已经体态臃肿，看着他们的背影，我突然发现，那个曾经负责石灰厂税收管理的小李，头发是真的白了。

然后，一群扛着大锤戴着安全帽的工人，尾随着一辆推土机，轰隆隆地向我开了过来。

在一阵摧枯拉朽之后，我轰然倒塌成一大堆断壁残垣。

## 四

毁灭有时是一场彻底的重生。

当我更换成崭新的金光闪闪的地税大楼的名字在原来的位置上重新站起之后，我发现我身边那些我曾经需要仰视的建筑要仰视我了，而我从一个更高的视野来看这座城市，在熟悉中透着陌生。一个个激荡而又温馨的字眼与我比邻而居："城市之星""钻石街""天宇"——这一切无不告诉我们，时代在进步，社会在变迁。

同时，我感觉自己的身体明显地扩大了很多，也强壮了很多。我原本狭窄的院子变成了一片漂亮的小区，原本苍白衰老的墙壁变成了钢筋水泥，还装饰了漂亮的玻璃幕墙和外墙砖。

更重要的是，他们中的一些人又回来了，虽然他们已经比我显得苍老，但他们又带着一批像我第一次见到他们时一样的年轻人。这些年轻人和他们当年一样，充满活力，带着梦想和激情走来了。当他们走过我的身边时，我依稀又听到那种熟悉的热血流动和心脏跳动的声音。

我也和他们一样，重新变得年轻起来，我的年轻不只是在外表，更在实质性的内容：我的体内布满了信息化的光缆，曾经清脆的算盘声被同样清脆的键盘敲击声取代，那一叠一叠的账本和一张一张的原始凭证被简化成一张小小的光盘。他们不再使用算盘，而是用液晶电脑；不再登记那一摞摞的手工台账，而用征管软件台账就能把所有的税收数据全部搞定。

在现代化的办税服务厅里，他们和纳税人之间的距离也越来越近了，一种面对面的零距离无障碍接触。曾经柜台上的铁栏杆变成了玻璃，到后来连玻璃也没有了，服务台也由高变矮了。在以前办个税务登记证来回至少要跑四五次，要十天半月，现在只要三五分钟就能完成。同时，与纳税人之间的距离似乎也越来越远了，纳税人不去税务部门，就可以完成申报、缴税。他们为纳税人开通了网上电子申报系统，网上税源监控系统，通过税务部门与纳税人的公共电子邮箱，纳税人坐在自己的办公室里只要三五分钟就可以完

成申报、缴税、划卡的纳税工作。这可是以前连想都不敢想的事情啊。曾经在风里雨里奔走劳累的税收管理员们,只需轻轻按下一个按钮,就能完成过去那些非常复杂的工作流程……

## 五

就像经历过的风风雨雨一样,我知道,这一切终究还会再变。

到底会变成什么样子,他们的身份是继续还是消失,谁也无法知道。但可以肯定的是,这座城市会越来越美,越来越大,绽放在这座城市中人们脸上的笑容也会越来越多。

至于我,仍然会在这座城市的一隅,在资江河畔,以不变的姿态,见证城市和时代的变迁,任岁月的流逝,在身上留下一道一道永远难忘的痕迹。

## 儿子，我们缴税去

"唉"，今天都十四号啦，明天就是店子缴税的最后一天了。老王一整天都在心里嘀咕着缴税这个事儿。这眼看着春耕又要来了，又要回乡下把农活做完。而在城里租了这个铺面，卖点童装，本来指望着能赚点钱供一双儿女在城里好好读书的，可眼下的买卖实在难做，很多老主顾都是看看牌子什么的，就到网上买去了。现在的买卖真的是不好做啊。老王实实在在地长吁了一口气。

"我看这个月的税，咱们先不缴了，躲过一个月是一个月，反正税务局也要放五一长假了，我就不信他们还能挨家挨户来上门催我们？"吃过晚饭，老王一边剔着牙缝里的那点食物，一边同妻子唠叨起了纳税的事情。

"爸爸，咱们可不能不去缴税啊，前几天，税务局的叔叔来我们学校做税法宣传，还给我们上了一堂税法课呢。他们说，依法纳税是每一个公民应尽的义务。"上小学五年级的儿子插着话。说着，从书包里拿出了自己的读书笔记。

"去去，小孩子知道什么啊，大人的事少插嘴！你爸爸挣点钱容易吗？每个月还要白白地给他们一些，缴了国税的，还要缴地税的。税务局的钱倒收得轻松容易。"老王像是自言自语，又像是在和儿子说。

"不，我听税务局的叔叔阿姨说了，他们收的税钱也是一毛钱都不能动的，要全部上缴到国家的，国家再用这些钱修高铁、建医院，反正用处很多的。我们老师也说，我们那正在建的教学楼，就是国家拨款的啊，这些钱都是靠国家的税收。"儿子也急了起来，在争辩着，还在他那读书笔记上找出了税务叔叔的讲课内容。

"你懂什么，还给我讲起大道理来了啊，我吃过的盐比你喝的水多，我走

过的桥比你走过的路多,你少给我充大人,走,快去自己的房间做作业。"老王似乎也急了起来。

"爸!……唉!"儿子极不情愿地做作业去了。

夜,依旧是宁静的。不知道从什么时候开始,竟下起了绵绵细雨。老王还是拿不定主意,琢磨着明天该不该去缴税……

"哎哟!天又下雨了,咱们又不能去上课了,真倒霉。"儿子喃喃自语着。

"怎么了,儿子?"他忙向儿子的房间走去,见儿子翻了个身,又睡着了。原来小家伙在做梦呢。老王不禁笑了。但也就是那么一瞬间的笑,随即就在老王的嘴边消失了。是啊!儿子学校的教室是危房,孩子们只能借读在郊区的简易板房里上课。要是赶上连续的雨天,孩子就不能去上学。原本就是想给孩子一个好的读书环境,老王才带着一家老小来到城里谋生的。照这样下去,不把孩子的学习耽误了吗?老王在思忖着。

夜已经很深了,那发着刺鼻味道的劣质烟头扔满了老王的床前。老王辗转反侧,破天荒地失眠了。老王陪着那绵绵细雨,竟然想了很多很多。

天亮了,老王的精神似乎为之一振,精气神儿好了很多。他来到了儿子的床前,"儿子,儿子,快起来。"

"做什么啊,爸爸,这么早就喊我起来,我今天又不能去上学了!"睡眼蒙眬的儿子揉着眼睛很不乐意地问道。

"我决定了,今天就去缴税,爸想通了,我不能只为自己,也要为国家想想啊,我要是不去缴税,你们学校的教学楼就少了一分力量啊。我也要为你们想想啊,你说是不是呢,孩子。"老王突然很利落地说出了一大段的话。

"我们一起去缴税,好吗?"父子俩几乎是异口同声地说。

儿子一骨碌爬起来,"爸爸,你真好!"

"儿子!"老王张开双臂,把儿子紧紧地搂在了怀中。

# 相看大乘山

秋天的一个假日，没有很好的阳光，带着孩子，我们来到了大乘山的脚下。我们弃车步行。虽然时令已是深秋，没有那三秋桂子、十里荷花的景致，但一路的野花丰草、茂林密竹、飞瀑流泉、云遮雾涌，也会让人赏心悦目。

数不清来这里有多少次了，和幽谷、飞瀑、明月、松林多次谋面。一切都在忽浓忽淡的雾中，只看得见几米之间的树木和台阶。身旁是云雾涌动的洁净又空洞的路，树叶在山风的吹拂下，哗哗地响着，沿着石台阶轻轻往下滚，恍若风吹动了久已无人翻阅的书册。

我们沿着这条不知名的小溪，往上走。从前的清澈与激情的奔涌，如今似乎变得有点混沌和懈怠了。谁又能说得清它到底流淌了多少年呢？时间就像筛子一样一点点减弱它的声息。但冷冷淙淙的泉水已经在你脚下了，乱石裸露着光滑而沉默的脊背，流水还在往前流着，发出潺潺的声音，引着我从那最隐蔽的地方由路顺势往上行走，我们身不由己，循声而去，不觉渐高渐幽，已入山中。

我们走在山中的小路上，雨倒歇住了，微雨过后的路面湿湿的，雾漫得更开。入秋的落叶追赶着游人的脚步，放眼望去，已见不到几个人影。山只露出窄窄的一段绿脚，齐腰以上，宛如轻纱遮面，看不真切。远近高低，树木枝缠藤绕。脚下盘旋曲折的石径，也印满了苔痕。我们踩着潮润柔滑的石阶，小心翼翼，拾级而上。

走近半山腰，山路突然间平坦起来，虽然不是很长，但给登山的我们一种很好的心情和舒坦。路边有小小的湖，看着倒映在湖水中的山，思考着大山是如何把自己的身体放进湖中的。这时，调皮的孩子捡拾起路边的小石子，

只听到"咚"的一声,它惊醒了湖水的美梦,大山的身体在湖水的摇曳中轻柔地碎裂,然后重新聚合。

我们爬上了山顶。不高,但也费了很大的力气,倘若不是因为有孩子的鼓励,我大概是不会爬到那顶上去的。站在山脊上,看到资水如白练,缓缓地流动着。山峰上也毫不例外地有着一座小寺。寺院依山而造,嵌于山峰碧翠之中。有几个居士和尼姑在延续着它的香火。偶尔有几个香客,很虔诚地烧着香、磕着头。

看着古老的寺院,老房子默然而立,尽管它最有理由见证历史,但它沉默着不能开口。它骨头一般的墙壁上还嵌着各种佛像,它剥落的肌肤里还吸浸着以前的风霜雨雪,过去的气息氤氲着找不到出口,时光终究还是不易察觉地一点点抹去了从前。

一些习以为常、不知珍惜的东西忽然间光彩照人。山上有极少的木屋子,可也因了这房子,屋以人传,是顿生了灵气的。

每一次的离开,对这山这水唯一能做的依然是退而眺望。在自己离开它的时候,做最虔诚的仰望。这是重逢的开始也是离别的开始。这是重逢的结束也是离别的结束。每一次的重逢与离别,这里是起点也是终点。

# 资江写意

十月，我或行走于资江河畔，流连在山水之间；或翻检史籍，徜徉在故纸堆中。我不断地探访、追寻、叩问，在时光隧道的深处照亮滔滔资水。我贴近她隐匿于时光深处的面目，而绝非满足于对生命的低回吟唱。这里是被岁月淘沥的风雅，一经缅怀的潮汐浸润，就将舒展所有干枯的皱褶，焕发出生命的盈盈绿意。

## 一

顺资江溯游而上，有支流柳溪，我站在一座废弃的石桥上，面东而望，林立的高楼簇拥着绵延起伏的青山，在青翠葱郁的林间偶尔传来几声悠扬的钟声，仿若缭绕耳际的梵音，我被悠扬旷远的天籁声响震撼。清纯的和风从水面轻轻地吹来，一种超然物外的洒脱漫过心头，奔腾的山间溪水从桥边翻滚而过，远处一条破旧的渔舟静静地泊在对岸，夕阳穿过云层，从天际弥漫开来，洒落在柳溪中，洒落在渔舟上，更是增添了这里的静谧与安宁。

从石桥往西北走向近千米，在柳溪与资水相汇的拐弯处，有一座茶亭，供行旅歇脚而用，可惜没有很好地保护起来，已经倾毁破损不堪。但是茶亭的石门还在，是弧顶的，石门的两边还各有一个正方形的厚厚的石座，石座上蹲着一个小石狮。茶亭的外围，是几间已经倒塌的土坯房，房子的地基隐隐约约地露了出来，应该是三四间房，一间是供守茶亭的人做伙房烧茶水做饭菜的，一间是茶亭主人的住房，还有一两间是供过境行人歇息和住宿用的。我进入茶亭，一条百米长的甬道与过境的石板路左右相连，里面高大而空荡，

凉风习习。附近的老人说：茶亭的甬道里以前有一张或者几张桌子，茶桌上会摆着陶瓷茶壶和茶碗。两侧还有长长的木凳或者石凳、竹椅可供来往的行人休憩乘凉，喝茶息汗，免费供应茶水。当然也有明事理的行人，喝了茶水，会从兜里掏出几个银元或铜板，放到桌上，忘了带的，忘了拿的，彼此都不会介意。过道的内侧还有一个木柜台，摆放一些日常用品，比如粗糙的汗巾、本地时新的瓜果和日用品，做些供远道的客人住宿吃喝的生意或是卖些零星日常用品，维持着茶亭主人的生计。

从茶亭到柳溪河边，是一条石板路，也是古时通往长沙的官道，不远处，有一座石木结构的风雨桥横亘在柳溪河上。几个慵散的匠人正在修葺着风雨桥，我走了过去，摩挲着桥上的木栏，木栏的颜色已经变得持成稳重，宠辱不惊。周遭已被风雨剥蚀，脚下的石板被岁月踏踩得油光发亮。这桥一定很有些年代，有人说它建于明清之际，也有人说它建于清朝末年，我查阅《宝庆府志》等文献，都难以找寻到建造风雨桥的史料。我在一堆荆棘丛中寻到一块倒卧的石碑，上面隐隐约约地记载着风雨桥的历史。桥始建于明隆庆年间（1567—1572），现存的风雨桥复修于清康熙年间（1661—1722），明初迄今，几近五百年。古桥"西通新化邑，东达长沙……时其创始也，石其墩而木其桥"。其为三拱石桥，南北走向，桥廊上覆小青瓦，中间的顶部有重檐歇山顶。桥中有一个神龛，两边写着"手执青龙保太平，足踏赤兔履盛世"的对子，从字体和内容来看，应该是今人撰写的。风雨桥中的过道与过境的石板路前后相连，是当时新化至涟源蓝田通往省城的交通要津，也是本地现存规模最大、历史最久远的石木结构的古桥。桥的东南方六七百米处，一座寺庙横卧半山腰，木鱼敲击的声响隐隐约约地传来，听不清寺庙的和尚或者尼姑在念着什么。偶有土法制作的香纸和檀木的沁香扑入我的鼻孔，感觉到一种莫名的清爽。

柳溪的两岸有很多历史悠久的木板屋，虽有些陈旧，但似乎保存着唐宋的遗韵与明清的木香。板屋很矮，窗子也很小，采光和通风不是很好，室内显得有些阴暗。早就没人住了，以前居住在木板屋里的人们早就在离溪不远的地方建起了新房。南岸是一所初级中学，放学归家的孩子三三两两悠闲地行走在古道上，或嬉戏打闹，或指指点点，或哼着歌谣，或谈着趣事，脸上荡漾着少年的欢乐。清澈的溪水在碧绿的水草间滑行，水草仿若一条舞动的长龙，翻滚着灵活的身躯。对岸的石头上坐着一位垂钓的老者，老者的目光久久地注视着西天的斜阳，仿若在想一个遥远的梦。

当潮湿的暮色自河面升起，渐渐收敛白日的喧嚣，沉入一片微凉的静谧。绕城而过的柳溪水，在悠长的蓝色波纹里，凫着一群群的野鸭。夕阳从遥远的群山上投下最后一束金光，斜斜地涂抹在仿古的白墙和朱红屋檐上。我穿过柳溪上的风雨桥，走进一条古老的街道，一排排的木板屋出现在我的面前，走至街的尽头，有一座年代久远的木结构的小四合院。我站在一扇赭色的木门前，这是一扇老式的可以取下一张一张木板的门，大门左侧，开着一扇小门，门内厅堂光线幽暗，一条甬道通往屋子的深处。我一脚踏进去，踩着一个方形小石礅，穿过甬道，进入客厅。一个老婆婆牵着蹦跳的孩子，唱着歌谣向我走来。

有两位老人正在熬茶，一盏黝黑的瓷茶壶正吊在柴火灶上，火苗噗噗地朝茶壶上喷去。一张小小的八仙桌，蓝色印染的桌布，桌上摆放着几只青花小瓷碗，几碟小菜，电视里正放着歌谣。我站在门边，为自己的突兀造访而惶恐不安。老人脸上那温润的笑容将我的忐忑轻轻按下，很热情地拿出了手工擂制的家茶，和我一起慢慢地细叙着这里曾经的繁华。我摩挲着老人的双手，感受着老人的友善。老人目光如炬，话语不多，有如寺庙里的智者，平静而安详。透过老人深邃的目光，可以看出饱经岁月的沧桑。在袅袅的茶香里，在咿咿呀呀的戏曲唱腔里，在窗外绕阳台而过的溪水潺湲里，尘封百年的历史被缓缓打开……

## 二

还是很小的时候，我就听爷爷说起他年轻的时候，从柳溪坐乌篷船到沙塘湾，然后放船出洞庭到汉口宝庆码头的事情。在我还不会说话的时候，还不怎么记事的时候，爷爷就将他所经历过的世事和见识到的风土人情讲给我听，一遍又一遍，直到我懂事，缘于爷爷的口述，虽然我没有到过那码头，却已经在头脑中勾画出码头的模样。

我行走在资水上最险恶的茱萸滩，看到从石滩之上一泻而下的资水，看着就是这般气势的资水所冲刷出的旋湾，禁不住联想到了资水上的一个个码

头，想象着码头的模样。既然是一个码头，地势应该是宽阔的，水势也应是微缓的，水面不能太宽，否则难以为渡，最好还有个湾儿，可以背风。有了这样的想象，我对码头的风采，自然增加了几分向往。

我沿着一条石子路到达了资水的岸边，然后不停歇地沿着资水一路上行。我看到水面宽阔，风平浪静，偶尔有轮船通过，荡起一些皱纹般细细的涟漪，而且无声，就该如此。我想，从石滩的峡谷中奔流倾泻而下，湍急的河水是应该这么缓一口气了，迎接它的就应该是这宽广的平坦的舒缓的河床，它就应该这么缓缓地涌流，大自然就应该这么张弛有度地安排一切事物。

夕阳金色的光芒几乎平射在无边无际的河面上，没有波澜，微微细涟的河面没有人们想象之中的粼粼金色，反而是更加接近沿河两岸的绿色。我仿佛听到了青石板上木屐的橐橐声，铁匠铺里叮叮咚咚的敲击声，货摊前讨价还价的喧哗声，吊脚楼茶楼酒肆里的低吟浅唱。而今，在平缓的河面上，无论如何也让人想象不出这里曾经的热闹繁华和异彩流光，想象不出在河面上曾经演绎了多少或惊天或动地或悲壮或激荡的故事。

老家的乡亲们大多会唱山歌，还有人将老家的山歌唱到了北京，唱到了中南海，唱到了毛主席的心中。我对传唱了数百年的山歌，随口念得出的歌词和曲调，熟稔得像三姑四姨般的旋律，以为不会有什么新鲜感的。不料，随着码头上老人嗓子的嘶喊，旋律的流动，我的情感开始起伏，心已经开始颤动，竟有泪水在眼眶里渗出。

我是从爷爷那断断续续的回忆和口述中，才知道在资水上那传唱了百年的滩歌。记得我在少年时期，听过爷爷用尽全身的力气吼出来的滩歌调子，却远非是我老家少男少女相亲时的《十想》，或是情窦初开盼情郎的《十双鞋子》，或是郎情妾意吃禁果的《偷情歌》，没有那种你侬我侬、耳鬓厮磨的软语柔腔。六千余字的《资水滩歌》，没有一个字眼是家长里短、琐碎小事，更没有那种阿哥阿妹的打情骂俏和男欢女爱的哀怨愁肠。有的只是在残酷的生存环境中生命激荡的节律。

我有点奇怪。我明明常住在资水河边，怎么从来都没有听到如此高亢激越的声音，如此悲壮苍凉的号子，我在思考这简单的旋律和普通的歌词中所蕴含的内容和思想。

《资水滩歌》是放毛板船的船工和水手搏击命运的大悲大喜，是蚀入骨髓的吟唱和呐喊。无论唱者还是岸上的附和者，都有一种扑面而来的冲击力，那是生命中的泣诉。也许并不需要有人来听，也不需要有人来欣赏，它就如山上的一株野草，在野蛮而又顽强地生长着。你仔细听，或者你只欣赏歌词，就是对生活苦苦挣扎和悲痛的体验。

晚清时期，居住在资江沿岸的毛板船船主和金牌舵主，会在头年的腊月，将造好的毛板船从资水上游的栗滩、大河滩、茱萸滩放空到沙塘湾，等到来年春潮汛起，将沙塘湾附近的煤、沙罐、土纸、矿石和茶叶等特产装运到毛板船上，放排到益阳、武汉。每当黄昏薄暮，落日沉入大地，天上暮云被落日的余晖烘烤，在充满了薄雾的河面上，在黄昏景色的摇橹歌声中，毛板船聚集在开阔的江面上，摇船人泊船靠岸，这是多么壮丽的画面和激情的场景。等到把堆积在码头边的煤炭一担又一担地挑到船上，将放空下来的毛板船又码得像一座一座的小山，那些早已在岸上喝醉了酒，吃油了嘴，铆足了劲的船工和水手，附着金牌舵主的歌词一齐唱响资水江面上特有的滩歌号子。在东家的吆喝，商家的期望，船工水手父母妻儿的眼泪中，那一排排装有煤炭、沙罐、土纸的毛板船，仗着春汛，似箭般出洞庭，达汉口。

上、下滩歌的歌词内容不同，但曲调大体相同，歌词多是舵主、船工和水手的即兴之作，也难以厘清歌词的来龙去脉。唱词均以一种发力时"……嗬嗬，嗨"的呼号之声起头，随后的内容和曲调就不确定了，根据环境和水手的心情而定，把沿河风土人情、地理史料编入歌中。有随口编就的即兴新词，有村言俚语，亦荤亦素，平实易懂。歌时多为一人领唱，众人应和，分节反复，每节最后又以"……嗨……嗬……嗨！"呼号之声为结。歌者和唱者根据放排时江面上的风险与人数，有对唱和轮唱，彼此间起承转合，唱完一个完整的段落，再循环往复。

《资水滩歌》来源于现实的生活气息，它不是为了发表和流传，也不是为了创作而创作，它没有功利，没有任何的技术修饰，没有对社会的顾虑。它是缘于放船时的艰难风险，是生命苦乐体验的歌吟，是情感自然流露的芬芳，对于心弦产生的撩拨力度却是相同的。是舵主、船工和水手们应对大自然的自然流露，直抒胸臆。只是现在会吟唱《资水滩歌》的人已经很少，濒临失传，我们在审视地方文化价值时，将《资水滩歌》和山歌、民歌一起收集整理并使之流传下来，于斯于理，当是奇功甚伟。

## 三

资水不只是简单意义上的河流,它已日渐演变成蕴含深厚历史文化的人文之河,其汩汩而流的就如那泉涌而出的文思,在湖湘大地上静静地流淌……

沿资水两岸的山径前行,路边的茅草高过人头,合抱的香樟高耸入云,茶杯粗的老藤沿树而上,错杂交织,楠竹繁茂,杉树森森,太阳穿过茂密的树叶,照射在人行道上,形成道道光柱。断断续续的山间小道,沉积着一层或厚或薄的落叶,不时发出吱吱的细响,仿佛走在一条布满诗文的路上,聆听过往文人的唱和。章惇,这位首开梅山的县令在《梅山歌》中这样描绘资江风物:"人家迤逦见板屋,火耕硗确多畲田……"在《过石槽铺》诗中:"瘴霭潜消瑞气和,梅峰千里沁烟萝。……啼鸟丛篁传木杪,瀑泉碎玉激岩阿……"石槽铺是古梅山峒的核心地带,距资水仅二里之遥。及至开梅山建县后八百余年,左宗棠赠两江总督陶澍返乡联"春殿语从容,廿载家山印心石在;大江流日夜,八州子弟翘首公归"。极尽资水人物风流。

资水河畔的沙塘湾,是一个有着悠久历史的古镇。建于明清的民居、宗祠、学宫、文庙等古建筑仍保存在资水南岸一隅,除了土垒的墙垛不堪岁月的淘洗,已成了夕阳中的断壁残垣。偏居一隅的文庙因为地缘上的原因得以保存,成了今人缅怀和瞻仰前人智慧的一种不可替代的文化符号。

资水岸边的文庙,进门是气势宏大的棂星门,然后是泮池,清代童生进学为生员后,必须经过泮池进入文庙拜祭孔子,因此童生进学又称"入泮",进入文庙后,背对着来访者的是一个戏台,现在还保存完好,戏台两旁是乡贤名宦祠,再进去是贤祠堂,供的是孔子的徒弟。最后是文庙主体建筑"大成殿",是供奉孔子的地方,可惜已经没有了孔子的塑像。

随着文庙留下来的,还有前人宝贵的建筑技巧和智慧。令人眼花缭乱的斗拱是中国建筑史上的奇迹,一个一个的木件,在不经外力连接的情况之下支撑起了一座宏伟的建筑,真是不可思议。这里的棂星门和大成殿的屋檐下,密布着许多这样的木件,重重叠叠,紧紧凑凑。还有由数千块砖雕组成的巨大照壁,以及那些轻盈灵巧飞舞流动的檐角,整个文庙就像一个原生态的建筑展。

资水沿岸的先贤,一个个鲜活的名字和身影在我的脑海中闪现,他们生活的时代远非我们所能想象。除了要躬耕稼穑，熟读诗文，还要过五关斩六将博取功名。若是几次考试不中，即使殷实之家，也会花光家中钱财。资水顺流而下，又有多少贫寒士子的读书梦如同资江上那一个个滩头，被激流击打粉碎。我翻检着资江两岸众多的族谱，记载的是一个个成功读书人的名字，千里资江，文脉不断。从秀才到翰林，从举人到状元，造就了资水两岸读书人的精英群体。而那一群群落第的书生，是失意的，可是这份失意，却无人可诉说，陪伴他们的，只有资江水面上那简陋的乌篷船和那永不熄灭的孤灯。

　　寻访资江，品读着古人留给我们的文字，领悟着资水的灵动与淡雅。溯江而上，犹如步入长长的山水画廊，墨绿青翠的两岸风光，秀澈清莹的碧水蓝天，纯洁而清新的江风，我不禁由衷地感叹：这才是我们永远的家园。

# 茶马古道风雨人

我曾经在千年古道上行走。一个人沿着安化新化的茶马古道走了二十多天，从它的起点安化高城出发，一条路经姚江、益阳到西南云贵，最远到交趾；一条路经老河口、晋阳到西北陕甘，最远到俄罗斯。

一路之上，你只能看见一块块的石板。

石板是历史的断碣残碑。没有任何文字。历史是无声的。

今日的茶马古道已非游人的想象，亦非电视电影广告中的模样。那是一截一段一条条的石板小径。出现了，又消失了，然后，又出现了。接着，转瞬消失，旋又突然出现，残缺断续，绵绵不绝，不经意间会出现一条古街或一座古镇旧址。古道草木见深，空蒙如梦，藤生、蔓生、苔生植物在石板的缝隙中求生。历史并不遥远，或许是得了当时的地利物利之先，才有了历史流韵，时光慢逝，用另外的方式展露着新的姿颜，虽是繁华散尽，但历史的底蕴还在，骨子里的那份端庄与气质还在，历史的残迹就这样同你做伴，不管你是否愿意。似乎在反反复复地提醒着你——你是穿行在历史之中的一粒尘埃。

正如所有的生命既有起点，又有终点，在这里，有起点，又有终点；是终点，又是起点。

我总有一种奇怪的想法：我的起点在哪里？我走向谁，我的终点又在哪里？

## 高　城

高城，安化的高城，茶马古道的起点。

走向高城，这是走向茶马古道吗？

似乎那是一个观光者、旅行者的目标。

我的眼前出现了一个又一个的明清古人，穿长衫马褂，骑梅山矮马，在月夜的乡村，在青石板道的小径上，驮着茶叶而行。尔后，是一群又一群穿着一样的长衫马褂，骑着一样的梅山矮马，驮铃叮当，蹄声嗒嗒，这是何等艰难的行走。我的眼前还出现了一大批熟悉而又陌生的面孔：陶必铨、陶澍、曾硕甫、游智开以及梅山傩师、道公，那些商人、盗者、行乞者，还有马帮主、洗马人、背包客甚至马术师和艺妓……

他们却在经历着更加艰难的历程。也许高城只是他们中途的小憩，在几个小时，或者半个晚上后，他们又会背上茶包、背上茶囊，牵上马匹上路，又会走上那险峻、荒凉的石径，跋涉着自己的生命之路。

他们的终极目标是什么？背夫、挑夫不知道，他们到了下一站，就要打道回府，家里的父母、妻子、孩子都在等着他们，等待着他们用自己的生命换来的那些钱。他们不知道，背上的茶是用来保境安民的。也许马匹是知道的，是权力、是财富、是国力。

而我们，一次又一次地走着背夫、挑夫的石板路，只是背上不再是茶，不再有往昔的目标，没有负重，没有生命的艰难，只是慕名，只是来看看，最多也只是来发思古之幽情，或者干脆是来了却自己的一个心愿。走在石板径上，更多的只是远远地望望，或者骑上一匹高头大马，马颈上还会扎着大红绸子，马背上不再是茶，而是一截极其漂亮的红色绸缎，一个穿长衫马褂的梅山山民，牵着马走在前头带路。虽然也累也辛苦，但心境是完全不一样了。同样在这条路上川流不息地流动着，只是历史上的他们并不会想到几百年几千年之后，他们行走的石板小径会添上一个极浪漫极富有诗情画意的名字——茶马古道。我感到历史真的是一个会开玩笑的大师，我感到了一种深深的不安。

高城终于到了。

高城是个古寨，传说是远古蚩尤生活过的地方，是古梅山人联接外界文

明的一个重要关隘与驿站,这里还保存着一段比较完整的茶马古道。当众多的种茶人、采茶人和茶商从安化、新化收购的黑茶、红茶、云雾茶、高山茶汇聚在茶埠公所的时候,高城就忙碌而又繁华起来。成千的马帮和上万的茶商会在一夜之间,将上百吨的茶叶打包捆好,背负在背夫、挑夫的肩上和马背上。也就有了千百年来,无数的马帮日复一日、年复一年,在风餐露宿的艰难行程中,用清悠的铃声和奔波的马蹄声,打破山林深谷的宁静。现在的高城依旧有黝黑的板屋、清亮的良田、恬静的美池和风情万种的茂竹,有被岁月侵蚀得坑坑洼洼的青石板街面。倘若是清晨,你从高城的民宿中走来,可以信马由缰地想象着,一队队驮着黑茶的马帮从这里出发,回荡在山间清脆的马铃声和着山风悠悠传开,是不是有"山外车鸣声不绝,山间铃响马帮来"的意境?

在高山险峻之地,竟然开辟了一条条通往域外的经贸之路,也许这是当时的背夫、挑夫甚至马帮主不能想象得到的。那一代代茶商与马夫,是茶马互市的弄潮人,也是开辟古道的探险家。他们不畏艰险,凭借着勇毅和智慧,用心血和汗水走出了一条通往域外的生存之路。

我遇见了一群又一群的游客,在马主人的牵引下,小心翼翼地走在古道上,有的地方显得很逼仄,很狭窄,一个人侧身都难以通过,更遑论背着二三百斤的茶饼,或者一队背负着黑茶的马帮经过。幸好当地的人们发现了重走茶马古道的商机,用钢筋水泥加宽加固了。即使如此,重走茶马古道的游客也是"走马观花""浮光掠影",只是历史过客的感受。他们也许只是对古道有着一种好奇感,因为未知的东西实在太多,却不能走入历史。

我跟随着一群又一群的游客,他们在急切地问着导游,参观了高城,是不是要去下一个景点了。也许,对于旅游者来说,我走过茶马古道,我到过高城,这是他们对没有走过茶马古道的人可以炫耀的地方,仅此而已。

这的确是很可笑的。

历史的过客从来都是这副模样。其实我也是。茶马古道,是不是历史的过客?

在景区门口的一个牌坊上,"茶马古道"四个大字在阳光的照射下,很耀眼。

## 茶 亭

茶亭，茶马古道上的茶亭，是古道的要素。

在我的老家，有人串门，不论生熟，主人必定会双手端上一杯或一碗或红或黑或冷或热或满或溢的茶来，"进门一杯茶"是千百年来老家的待客之道。茶香早已散入岁月的风雨之中，也嵌入了人们的生活之中。

在古道行走，见得最多的就是茶亭，说实在的，沿途这样的茶亭有很多——很突兀地立在茫茫的深山中、古道边、古村旁，像沉积的未被岁月消解的历史。有的已经荒废，只残存着几块基石，有的残留着巨大的石拱门。没有倒塌的，绝大多数也已摇摇欲坠，来日不多了，心底里便平添了无端的忧虑和隐痛。在残垣断壁中穿行，即便是调动你所有的想象，也无论如何都不能还原这里曾经的流光溢彩和繁华热闹，且不说外来的人来此只能面对如过眼云烟的历史失望。在静寂的茶亭里待久了，好像一个人滞留的时间长了，人仿佛也会跟着这茶亭一样老去似的。

也许，只有看到了茶亭，看到了横跨在溪上的风雨桥，沉重的压抑感才会得到缓解。这里是梅山文化的发源地和腹心，你听到的和看到的都是神话和传说，很多的梅山土著居民会戴着各种面具给游客表演各种傩舞和傩戏，没有那么多的历史与你纠缠不休，你只管放松和欣赏。

当你跨过麻溪河，就会看到保存完好的风雨桥，那是永锡桥，是茶马古道上的标志性建筑，桥的南端有几十块石碑，刻着桥志，这是古道上有文字可考的痕迹。天色暗了下来，走到桥头的石阶处，几个游人在拍照，交谈中，他们说："来这里，如果不看永锡桥，等于没到过茶马古道。"可是，我看到的是桥的不远处的茶亭，从刻在茶亭上的文字得知，茶亭由乡绅和士儒主导，大家有钱出钱、有地捐地、有力出力。在新化安化境内的茶马古道上，有鹞子尖、座子坳、濂溪界、百步、庆阳、木溪坪、麻霞岭、普子界、永兴等茶亭遗址80多处。每一个茶亭都有一个故事，每一个茶亭都有三五副对联镶嵌在高大的石门上。"茶亦清香味称陆羽；亭多才会情畅右军""九天甘露沾途道；里巷仁风惠往来""渴饮何须问主人；引动松风留好客""莫嫌峡山三间屋；常备清凉一碗茶"。对联大多是应景之作，当然也有对主修者的溢美之词，而对行走的背夫、挑夫和马帮主来说，有着生津解渴的功效。

我想象着一队队的背夫、挑夫的背上捆绑着比自身重两三倍的茶柱,手撑一根杂木棍,艰难地行走在石径上,当抬头看到茶亭就在眼前的时候,心中的那份狂喜和轻松是可想而知的。终于可以到茶亭休憩一下,这是所有的背夫、挑夫、马帮主和梅山矮马的心愿。

马的嘶鸣声唤回了我的遥想。游人骑在马背上,它总是很凄凉地悲叫一声才能站起来。那声音在深山中显得特别的刺耳。我觉得它已经很累,已经精疲力竭了,想到它就这样从早到晚地供人驱使,心里就更加悲凉起来。也许,它永远也想不到,在古道上的马匹,又有多少是用来运输茶叶的工具?又有多少是用来交易?我走近茶亭边的拴马柱,看到马匹眼睛里有泪,有光,有古道在马匹的眼眶里闪耀。它在踏着前任马匹的脚步前进!而那渐行渐远的茶亭,却已经湮没在历史的长河之中。

我们看见的,听见的,感受到的,都是历史的烟云。

这一夜我睡得很熟。无梦。

## 茶、马和古道

古道上的茶、马,是古道的主人。

我决定步行,我虔诚地徒步走去。

我来到了桀骜不驯的江边,江边的峭岩上恰好有一段是茶马古道,我发现几根铁柱,深深地钻入了岩石中,还残留有纤绳拴在铁柱上的痕迹。我俯身看到浑浊急流的资水,在不停地冲击着一个个的险滩和暗礁,江水拍打着波浪冲蚀着河堤。我想象着满载着茶叶的船只在河流中逆行,它的动力通过长长的纤绳传递,纤绳衔接着的是在高高的悬崖上匍匐前行的船工,他们脚上绑着的是鞋底钉满铁钉的木屐,用以增大摩擦力,正在埋着头,往前赶,纤绳已经深深地嵌入了船工的肩膀。道路是那样的狭窄,稍不小心就有可能掉下悬崖,船工们用这条河上特有的号子协调着彼此步伐的节奏,大家每一次的用力都聚焦在一起,茶船在船工的肩上一点点地向前挪动着。

野性、暴烈、充满不可驾驭的力量和不可预知的变化,从来都不是平静的、顺从的。它从很远的地方覆盖过来,把更多的东西放在了波浪和山巅之下。它究竟把什么东西放在了表面,又把什么东西藏了起来?我在一个古渡口的弯弯曲曲的街道上找寻着茶马古道的脚印，它已经深深地陷入了被行人和马道不断碾轧的石板径里。

在古街两旁，一些树影斑驳的石头上、门槛旁坐着几个目光呆滞的老人，他们不停地抽着茶烟，烟雾包裹了他们的话语，让我听不见他们究竟在说些什么，他们说话时嘴唇抖动着，在讲述着自己的记忆……

"我们这里的茶是野生的。"山崖水畔，不种自生。1791年，一个叫陶必铨的老人夜宿安化鹞子尖茶亭时，深感家乡茶市兴隆，兴之所至，竟连夜作《鹞子尖茶引》，其中写道："禹贡荆州之域，三邦底厥贡名。"几十年之后，其子陶澍在《试安化茶诗》中写道："我闻虞夏时，三邦列荆境；包匦旅菁茅，厥贡名即茗。"

我跟随着老人来到了他的家里，一个小小的三合院落，几扇破旧的门板，屋子里的光线实在太暗了，我循着窗户的光看着屋子里的一切，渐渐地，一些事物的简单轮廓出现了。几千年的种茶、产茶、制茶历史，不但自己吃茶，每年还有几十斤的茶叶作为贡茶给皇帝吃，用茶叶去西番交换马匹。老人不停地说着，不时地咀嚼着茶根。几束金线一样的光从窗户的残破处开始穿过幽暗的空间，将一些明亮的斑点固定在被烟火熏黑的墙壁上，我看到一个硕大的茶缸里漂浮着绿苔，十分耀眼。

老人喋喋不休地说着，我终于听清了老人的话。老人说，开始茶是走水路的，后来，才是水陆并行。老人的先祖就是开毛板船的，将收集的茶坨走资江水路，过洞庭入长江一直到川藏。老人说，现在人老了，船也没有了，马也没有了。老人的一生都在河上，在滩上，在马道上。我看到了老人脸上的皱纹在发暗的地方出现了层次感和逆光的效果。这是一种符号，含有了人生的全部信息。我看到了老人的皱纹来自屋前的那条河流和屋后的那条山道。

那里是曾经的茶马古道。

老人在船上的生活，就像河水中人的倒影，被细碎的波澜揉皱、遗弃。老人和村里的许多人一样，最开始的时候是船工，后来又成了背夫和挑夫。这与其说是一种职业，不如说是一种宿命，因为茶，将自己的全部生活和情感都沉淀在泥沙石径之中。他们在不断地完成物质交换的同时，也完成了不同地方的人的文化交流，他们是经年累月漂浮在水上和跋涉在山中的信使，是深奥历史差遣来的苦役和神灵。

　　村边的古码头不时还有船来靠岸，想象着当年的茶商通埠的繁荣景象，"隔溪灯火团相聚，半是渔舟半客船"，恍然已是百年。老人在村前的资水岸边坐着，他们的目光依旧是呆呆地看着盘旋的水鸟不断撞击江面波浪的闪光，掠过天空的乌鸦留下凄惶的声音。在老人的眼中，这一切多少年都从未改变，熟稔着山中的每一块石头和河滩中每一个浪花以及岸边生长的每一棵树和每一棵草。老人是沉默的，嘴巴挂着的烟雾可能是最好的语言，老人在不停地抽着茶烟，有时会发出几声剧烈的咳嗽。

　　夕阳西下，在茶马古道的漫漫长途和悠悠岁月里，马帮不再出征，他们悲伤地感到了一种自然生活方式的终止，有如历史的过客。只是那一个个马踏石径的痕迹，依旧烙印在一条条的古道之上，虽已渐行渐远却愈来愈清晰。

## 清明无客不思家

燕子来时新社，梨花落后清明。伴随着一树春景、细雨落花，清明节悄然而至。

我们历来讲究慎终追远，清明祭祖，一个平静而深沉的仪式。

大抵从懂事记事时起，抑或是能独自走上三五里路开始，也就是五六岁的样子吧，每年的四月初，就是一个扫墓挂青的日子。我会跟随着我的爷爷、父亲和本家族人，一起来到离家不远的地方，爬上一个又一个山头，找寻着一个又一个先祖的坟茔。我的爷爷、父亲和众多的本家叔叔、伯伯，就会自觉地用柴刀将坟茔周边的小灌木和荆棘砍掉，将坟茔上的杂草除掉。找一些枝丫比较多的树杈插在一个个祖先的墓地上，将早已在家准备好的黄纸、白纸或者绿纸悬挂在枝丫上，这时，或者是我的父亲或者是我的一个本家叔叔照例会让我们拿出三根或者六根香，拢成一把，以极其神圣的表情，摆上祭品，口中念念有词，轻声低语着，将自家打印好的纸钱和香点燃，我们都在祖先的坟茔边站着，跟着我的父亲或者我的一个本家叔叔肃立，双掌合拢，朝着祖先的坟茔作揖、跪拜，将点燃的香插在先祖坟茔的墓碑前，每家都会燃放一挂小鞭炮。等着那些香纸燃尽，又行祭拜礼后，再去另一个山头，另一个先祖的坟茔挂青祭拜。这时，所有的大山深处，纸烟四起，鞭炮声此起彼伏，扫墓挂青的人络绎不绝。

及至上学，读了小学、初中，渐渐知道原来那天是清明节，对于我们乡下来说，也是一个过了春节后很隆重的日子。后来，又读到了唐代杜牧的《清明》一诗，倒是真的感觉每一个清明都有雨。

等到有了工作，每年的清明，我照例是要回家。那时，我的爷爷慢慢地

老了,便很少去给先祖扫墓挂青,父亲会带着我们兄弟几人,依旧爬上一个又一个山头,依旧找寻着一个又一个先祖的坟茔祭扫着,偶尔还会和我们说,这些都是我们祖先的坟山,告诉我们,这边埋葬的是我们的老爷爷,那个山头埋葬的是老奶奶,那里的是太公、高祖等,还反复叮嘱我们要记牢,等到我们将来做父亲后,再告诉我们的孩子。还说以后,等爷爷老了,我也老了,也会埋葬在这些祖坟的山中。言语中,不免让我们兄弟伤感。我们知道,其实父亲也日渐衰老了。

今日寒食,明日清明。在我写下这些文字的时候,突然间,我感觉我的爷爷、我的父亲又来到了我的身边。不经意间,岁月流逝的二十年、八年,丧亲之痛来袭,思亲之情日增。我的爷爷已作古二十年,就是我的父亲,也已经离开我们八个年头了。梦魂不惮长安远,几度乘风问起居,想来痛楚不已。

从我懂事时起,我就知道我的爷爷和父亲都很勤劳,他们给了我太多美妙而苦涩的乡村记忆。天晴落雨挖生土,三更半夜赶田水,就是我的爷爷和父亲在乡间农业生活的真实写照。

爷爷也曾风光过。这是我爷爷一直留在我脑海之中的印象,并且这种印象一直犹如打铁的烙印,是那样的深刻而不会消失,又是那样的美好,犹如这春上的花儿。虽然从我记事的时候起,我亲眼看到和亲历爷爷生活中的很多事情,给我的印象就是老实巴交甚至是蹩脚的老农。但爷爷实在也是风光了一把的,即使是从我奶奶和爷爷的口中听说的,但是,它丝毫都不会影响我对爷爷的印象。爷爷年轻的时候在资江上挂过毛板船到过汉口,也曾做过二东家,将我们沙塘湾生产的上千只沙罐子统一装运到运输煤炭的毛板船上(《资水滩歌》中有"麻溪那见担麻卖,沙罐出在沙塘湾"的词句),一路顺风顺水开到了汉口码头,而爷爷却一个人走旱路十多天赶到汉口,将未曾打烂一只的沙罐子全部挑到码头上,卖给了武汉三镇的所有店铺,而将所获银两又一分不少地在汉口的宝庆码头上赌博,推牌九、打骨牌、押宝……凡是赌钱的花样,爷爷是玩了个遍,输了个精光,最后,又是一个人夹着一个背包,走旱路赶回老家。我现在回家,只要向奶奶问起爷爷年轻时候在汉口码头赌博押宝的故事,我那九十多岁的奶奶依旧会咬牙切齿地数落着。但是,爷爷也有风光,那是新中国刚刚成立的时候,农村大搞土改,爷爷竟然当上了我们沙市乡的乡长,那时的沙市乡范围大抵相当于现在的沙塘湾和金竹山(《冷水江市志》和《沙塘湾志》有载）。只是性子耿直的爷爷，乡长的位置还没干满五年，就卷起铺盖回家当起了农民。我爷爷也经常说，一个农民怎么就能去当好一个干部呢？

白云悠悠，清风阵阵。大地沉默，苍天无语。

每年清明，我常常陷入无言的惶恐之中：我们的先祖，他们来到了这个世界，离开时，除了坟头和后人，真的什么都没有留下？不用怀疑，先人们确实来过，并且真实地在这个世界上生活过，或许还曾战天斗地。他们一定和我们现在一样，也活得极其认真。

父亲，在他生活的那个时代，也许算得上是半个读书人吧。但是，我的父亲却实实在在是一个农民，当很多人连自己的名字都不会写的时候，我的父亲读了初中、高中，后来参加工作，竟然又中师毕业。等到父亲在几近知天命之年，国家垂青了他们那一代人，那第一代民办教师，成了公办教师，也就是响当当的国家教师身份。在临近退休的时候，还被评上了小学高级教师。只是，在我的印象当中，我父亲的角色并不是一个教师，他更多的时候是一个地地道道的农民。那时农村土地承包，农业生产是一户一户地单干，而对已经做了几年民办教师的父亲来说，农业生产既是一个技术活儿更是一个体力活儿，而他的几个孩子，最大的也不过十来岁，可想而知，生存才是我父亲最根本的追求。年年春上，等到春雨之时，父亲必是早早地起床，喝几口母亲自酿的米烧酒，就会去牛栏牵牛耕田犁田，往往等到我们要去上学的时候，父亲才上岸回家，胡乱地洗了脚手，胡乱地扒拉几口米饭，就赶往学校教书，而到了下午，一到放学，父亲不是赶回家，而是直接来到田间地头。那样的日子，一直持续到我最小的弟弟参加工作，算起来，父亲恐怕有二十多年这样边教书边从事繁重的农业生产。而这样的农业生产，就是对于一个专职的农民也是极其辛劳的。只是在临近退休的那几年，父亲才彻底告别了他心爱着又辛苦着的农活，成了"专职"的教师。所以说，我的父亲与其说是一个教师，倒不如说是一个农民显得更为贴切。因为我的父亲离不开他的土地，他深深地眷念着他的土地。

奋斗过，痛苦过，挣扎过，开心过……我们有过的悲欢离合，先人们都曾有过，先人们有过的悲欢离合，我们正在经历着。无论经历过什么，如今，先人们都无一例外被时间打败了。但是谁又敢否认，那些留下的每一片坟茔

里，每一个土堆中，都是埋藏着一部庄严的生命史呢？我们，也只有站在父母的坟前，才知道，人这一辈子，是从何而来，又将向何处去！

不知来时路，枉为红尘人。记得每年的清明，父亲带着我们兄弟一起去为先祖扫墓挂青的时候，他都会和我们说，我们祖先的坟茔，都是埋在山坡上的。父亲告诉我们，坟前的那些田地，都是我们的先人开荒开垦出来的。他们又为什么会舍得占用自己的田地呢？也许，不管我们身在何处，都离不开牛马般的劳动和信仰般的执着，一如父辈们对土地深深的眷念。

"风雨梨花寒食过，几家坟上子孙来。"无寒食，不清明。年年清明，今又清明。"素衣莫起风尘叹，犹及清明可到家。"我们每一个人都会在清明之际，来到我们每一位先人的坟前，鞠几个躬，摆几束花，五颜六色的……

"白下有山皆绕郭，清明无客不思家。"……"前不见古人，后不见来者。念天地之悠悠，独怆然而涕下！"梨花风起正清明，年年的清明，我们都在思念，我们都在扫墓的路上。

第四辑
# 观潮·杂谈

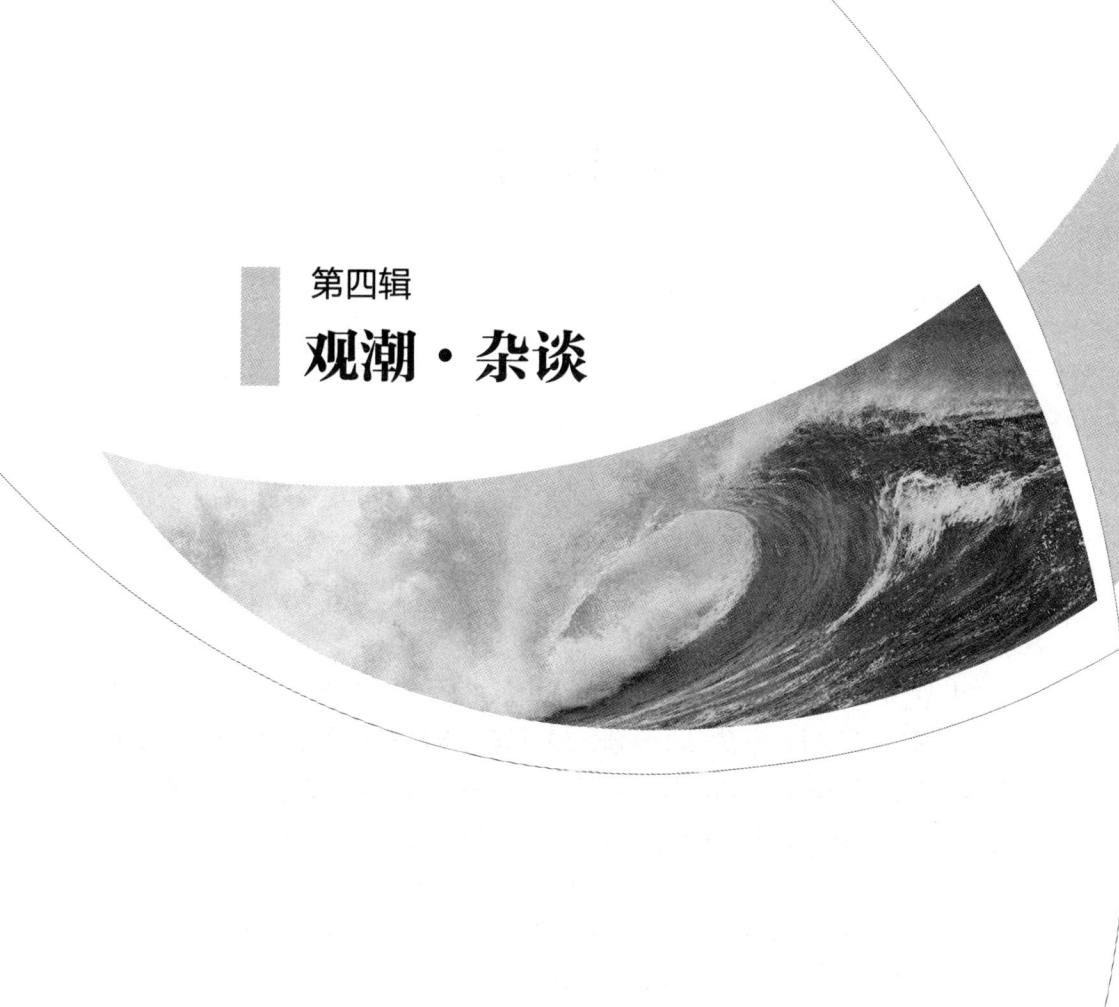

# 税涌石湾里

"到石湾里看戏去,还有首届乡村文化艺术节呢。""税务局也要来石湾里送税法下乡,还有减税降费的文艺宣传小分队也要来表演节目。"还只是大年初三,手机微信群里就炸开了锅,热闹非凡。大家也不走亲戚了,闹闹哄哄着,去了石湾里。

从铎山小镇处拐个弯,翻上一个小山坡,见一个澄绿的水库,可看到石柱寨,天晴气朗时,站在石柱寨顶,便可遥望南岳祝融诸峰。继续沿着机耕路前行,民居较密,不知不觉间到了一个叫铜鼓寨的地方,便豁然开朗,环看四周,连峰际天,到处都是一些石旮旯。俯瞰处是一片盆地,湘中为丘陵地带,高地叫"垴上",开阔的低洼地叫"函",田函,也叫洼洼,一片好函绝对是一片好田。置身寨顶,偌大的石湾里一览无余,这简直就是一个聚宝盆,典型洼地田函,四面是屏障一样的小山垴,不高,城墙一样围护着中间上千子民和两千多亩良田沃土。

嫩黄的阳光从远处山峦缓缓地漫过来,与水库处温婉的晨雾相拥。"共筑中国梦 文化进万家"——石湾首届乡村文化艺术节有如外婆家柴火灶上的那一口大铁锅,早已沸腾开来。戏台子就搭在广场的正中央,七八条五彩龙在一阵喧天的锣鼓声中簇拥着朝戏台舞来,几位德高望重的老人手撑肩扛着写有"风调雨顺 国泰民安""减税降费 藏富于民""精准扶贫 共建新农村"的宝鼎走在队伍的前列。几位身着蔚蓝色税务制服,披着大红绶带的年轻女子风一样地穿行在人群的中间,她们在散发着减税降费的资料,宣讲着与村民息息相关的税收政策,解答着税收难点和疑点。她们的一张张笑脸,一次次服务,一份份温暖,让这个辞旧迎新、接福纳祥的春节暖意浓浓,让村民们感受到了火红的温暖，给我们以澎湃的力量。绶带上印着的"优化税收营商环境　助力企业高质量发展""诚信纳税　幸福你我"的字眼极其醒目。戏台中央的横梁上张贴着"减税降费　藏富于民"和"欢欢喜喜闹新春　税法宣传进万家"的横幅。这一条条横幅和一根根绶带，难道不就是税法宣传的真实写照吗？

我从热闹着的人群中走了出来。我看到村子的最高处有一个简易公园，雾霭处隐隐约约能看到一个亭子，我决定沿着村子中央的一条草砂路往山顶走，那样，正好能俯瞰石湾里的全貌。山再高，往上攀，总能登顶；路再长，走下去，定能到达。路的两边是座座白墙青瓦的漂亮民居，高低错落，栉比相连，很多民居的旁边，还有一块块自然生长着的石头。绝地突兀的石旮旯里，奔小康慨然行进的道道辙痕，赫然入目。

寨子里到处都是欢乐而又热闹的锣鼓声和歌声，乡下春节，家家户户都有人在家，门都是虚掩着的，屋子里也是可以随便进入的，我随意地走进了一户民宅，当我的脚步跨在门槛上，分明就有一个声音或明或暗或远或近地传来"进来坐哈"，是一个老人的声音，山里特有的声调，声调里特有的热情。老人端出自酿的糯米酒，手工舂打的糍粑，杯杯糯米酒和香喷喷油腻腻的糍粑，都合着乡亲们的亲切和热情。我环顾着老宅子，斑驳的墙壁，黑色的柱石，自然的氛围，门楣上是"务本园"三个繁体的大字，清晰而醒目。园里竟然还有三重堂的遗存，虽然破败了，风剥雨蚀了。但从"务本园"的字理中，我梳理着石湾里的"根脉"之气。"务本"是致力于根本，《论语·学而》中说道："君子务本，本立而道生。孝弟也者，其为仁之本与！"《汉书·文帝纪》载："农，天下之大本也，民所恃以生也。"眼前的残砖朽柱，既是岁月更替的挽留，也是文明传承的记忆。我看到家家户户的大门上都贴着喜庆的春联，很多还都是手写的，大门上是一个倒贴的"福"字，悬挂着大小不一的灯笼，扰人眼睛。沙发、电视、冰箱、电烤桌……老人家陈设简单，最抢眼的，莫过于屋梁下悬挂着的那一块块腊肉。现在的日子真的好起来了，但是，曾经的辛酸往事并没有因为时光的流逝而随风飘散。

说起石湾里的贫困，老人的话语似乎多了起来，讲起了几个流传已久的故事。

一个是"天丘田"，顾名思义，就是靠天吃饭的田，以前由于滥采滥挖，

坡上的田垄就如一个个竹篾筛子，蓄不了水，积不了肥，种不了谷物。

一个是"薄产田"，开荒开到山光光，种地种到天边边，苞谷只长半米高，结了一个小棒子，老鼠跪着能啃到。老人似乎沉浸在对往事的回忆之中，眼眶里饱含着泪水。

虽然这只是形象的戏说，却正是残酷现实的折射。

消除贫困，实现共同富裕，是中国共产党不变的初心和使命。看似机缘巧合，却也有着必然性。初心如磐，使命如山。石湾里的村民们，艰苦奋斗，立下愚公移山之志，让许多的不可能成了可能，上万亩的松树林、楠木林铺山盖岭，林海松涛无边绿色，让每一个走进石湾里的人都深深地感到震撼；那四百多亩的黄鹂芽基地，让每一位石湾里的村民感觉到了希望的腾飞；减税降费政策的落地，更是为新春返乡的创业者送来了税收政策的"大红包"，给每一位在小康路上奔跑着的村民助添了无穷的力量。

我们沿着新修的石板路错落而上，很别致，我估摸着这是村人在把小山做景区打造，以吸引游人。到半山腰，眼眸不由一亮，竟是偌大一番公园的格局，有亭阁，有假山，有花园，有林木，有回廊，还有健身场所。假山是把山中石头的土层刨开后自然呈现出来的，林木是在平整公园时对自然生长的保护。石湾里的村民们利用好山好水好乡俗好特产，变成了一个个扶贫开发的精准项目，利用自然的山寨建成一个村民休憩的好去处，也让曾经饱受贫困折磨的村民体验到新农村的韵味。

绿水青山，变成了金山银山，石旮旯里真的不是只会生长贫穷！富裕的石湾里人民正在期盼着做精神和文化的富有者和拥趸者。

"打赢脱贫攻坚战，中华民族千百年来存在的绝对贫困问题，将在我们这一代人的手里历史性地得到解决。这是我们人生之大幸。"习近平总书记的话豪迈而坚定。

我站在铜鼓寨公园的中央，阳光带着春的暖意，已经爬上了院里的屋顶，涂抹在一张张或憨厚或稚嫩的脸上。我环顾四周，俯视着村子中央的戏台子，看着忙碌着的红男绿女，感受着他们匆忙的脚步，听着响彻云霄的锣鼓声和歌声。突然，《中国税务之歌》有如天籁之音传入了我的耳际："中国税务意气风发，为了祖国富强贡献力量，中国税务奋进昂扬，为了民族复兴共筑梦想，为国聚财是我们的责任，为民收税是我们的荣光，忠诚担当崇法守纪，兴税强国初心不忘，我们是共和国的税务人……"我清晰地看到了身着蔚蓝色税务制服戴着耳麦的俊男靓女站在舞台的正中央，我清楚地听到了他们奋发昂扬的歌声向四周漫溢开来。

无人机正在石湾里的上空盘旋，光面掠影，从每一个角落拍摄着新时代奋进者的足迹。

春到石湾里，税涌石湾里。

# 露台上的来客

老家房子的三楼有个露台，母亲一直说这方天地闲置着太浪费。我觉得偌大的露台没有一点生机倒是真的。

我决定在露台上开辟一个小花园。今年春节，趁着大伙儿都在家，便在露台一侧砌了花池，挑了土和花肥放入池中，又去街上买了花钵，特意给花池装了木栅栏，让小花园看起来上档次。栽种了吊兰、绿萝、芦荟、铁树等生命力旺盛的植物。小花园立马枝叶繁茂、郁郁葱葱，静悄悄地生长。我们突然间感觉少了点热闹，倘若待得太久了，难免寂寞，心里便慌慌，便希望有其他的生物来做客。

孩子来露台玩儿，满眼都是花花草草，高兴极了。玩儿累了，突然说："要是露台上有一些小动物该多好。""爸爸，在这里砌一个小水池，养几只小乌龟和小鸭子。"也是啊，我们怎么就没想到呢？为什么就不能有其他的生物呢？我突然明白，在孩子简单的世界里，却充满着对生命的想象和热爱。

孩子捉来了几只小鸭子到露台喂养。鸭子轻柔的叫声，蹒跚的脚步，黄黄的绒毛，圆圆的身子，非常可爱。不到半个月，小鸭子就长大了，不再是黄黄的绒毛，而是黑白绿相间，有时扑棱扑棱地飞着，还会掉下几片羽毛。叫声也不再是轻柔、悦耳的声音，也许是到了变声期，叫声也逐渐粗哑起来。到了晚上，嘎嘎的叫声，听起来吓人，食量也大得惊人，满满一盆食物，半个小时不到，就风卷残云一扫而光。因此产生的垃圾量也很大，小花园不但多了排泄物，还散发着难闻的气味。更恼人的是，鸭子会趁人不注意把绿萝、吊兰、铁树的叶子和根茎都啄个精光。我们忍不住开始厌恶这些鸭子了，美丽的花园就这样被鸭子破坏了。是啊，我们如何才能让花园既漂亮又充满活力呢？让动植物和谐相处，让人与动植物和谐共生，并不是我们想的那样简单。

一天，我正在露台上看书，忽然耳边有嗡嗡嗡的声音，是一只大马蜂！它的身体在阳光照射下，泛着金光，两边的羽翼舒展着，像一架小型战斗机在花丛中飞来飞去，在霞光中、在树叶与花瓣中盘旋。我放下书，看它忙碌的样子，不敢去侵犯它。突然，它飞进了我的卧室，在房间里东撞西撞，找不到方向似的。我关闭所有的门窗，拉上窗帘，房间暗了下来，马蜂在一阵嗡嗡嗡的叫声中轰然坠地，我循着声音找去，瞬间打开灯，只见一只硕大的马蜂垂头丧气地倒在了窗户下。

又一天，蝉来了，我想它应该是继马蜂之后最早光临的昆虫。它的身子还是嫩绿的，仿佛刚刚出壳，一声不响地趴在树杈间，好像还在担心什么。我小心地躲着它，以免惊动了这位天外来客。我们亲切地叫它知了。有人讨厌知了，嫌它吵，我却喜欢。蝉生性高洁，在脱壳成为成虫之前，一直生活在污泥浊水之中，一旦脱壳化为蝉，便飞到高高的树上。在夏日将睡未睡之时，窗外知了密集的叫声朦朦胧胧，让人觉得外边是在下着白亮急骤的雨。

小花园枝繁叶茂、花团似锦，温煦的光落在枝丫间，叶脉被勾勒得清晰分明。陆陆续续来了很多昆虫，比如蝴蝶、蜜蜂、屎壳郎、螳螂。一天早上，竟然来了几条猪古虫，把绿萝的叶子吃了大半。我不知道小动物是如何发现这个小花园的。也许，是闻到了花香；也许，是看到了绿意；也许，是听到了小伙伴们的呼唤；也许只是路过，碰巧遇上了；也许只是碰巧在这里逗留玩耍。比如那只小知了，在吊兰湿湿的叶片上不经意地停歇，"知了、知了"地叫着，紧接着就飞走了。它们的到来带给了我和孩子们无穷的快乐。每天早晨我们起床的第一件事，就是去小花园看看小邻居们生活得怎样，是不是又在吵架，是不是又来了新伙伴、新朋友。

前几天回了一趟老家。有半个月没有打理小花园了，整个园子依旧旺盛，蓬勃青翠，枝枝蔓蔓，垂落下来，充满生机，总是让人欣喜，心神沉稳而安宁。物我两相伴，有阳光就灿烂，有土壤就扎根，一起生长，相互照看，有着内在的默契和顾念。我想去修剪一些枝叶，感觉手臂上有什么东西粘住了，在露台的角落里，一只蜘蛛，挺着大肚子，整个的身子都是黑乎乎，手脚毛茸茸，原来是蜘蛛正吊在半空中，来来往往地在两点一线间吐丝结网。看来，

是我的鲁莽打搅它干活了，我赶紧躲到一边去，看它像个熟练的建筑工人一样忙碌着。

我看到屋檐下的蜘蛛又绕到了铁树的一端，一张三角形的网呈现在我的面前，晾衣绳、铁树茎秆和绿萝叶子，三点一面。这真是一张精致的大网，网格均匀细致，网状横平竖直，网脉疏密相间。蜘蛛悠闲地悬挂在晾衣绳上，偶尔来回织绕，在它的领土上逡巡，如英俊的武士。我看到苍蝇、蚊子莽撞地闯入了蜘蛛精心构筑的网中，我正为蜘蛛感到遗憾，可不想蜘蛛如空中骑士，手脚麻利、毫不犹豫地将蚊子、苍蝇等不速之客收入腹中。尔后，又是极其优雅、自信地在网上来回穿梭，快速地把网补上了。这张网恐怕帮蜘蛛捉拿了大量的蚊子和苍蝇。

母亲去露台晾衣服，在擦拭绳子的时候，不小心将蜘蛛网连接晾衣绳的一端弄断了。我看到蜘蛛木讷地躲在屋檐下，没有了先前的气定神闲和一招制胜的英气。也许它惊魂未定，也许它担心着人类准备将它变成盘中餐，也许它正在积攒着力量。我静静地观察着它。

蜘蛛离开了露台上的小花园。也许它明白，这里有草木，有绿意，有花香，充满着生机，但并不是属于它的领地，并不是结网的好地方。我看到蜘蛛慢慢地爬到了露台外面一棵大树的枝丫间。我突然替蜘蛛觉得委屈，这么大的露台和花园，怎么就容不下蜘蛛的一张网呢？希望它只是暂时离开，短暂休整，默默期待它再一次光顾我的小花园。

# 又见辣蓼花

去年秋后,老家附近的麻溪河堤两岸成了"网红",红男绿女摩肩接踵争相"打卡",一场花事在微信朋友圈迅速传开。和大家一样,我也欣喜地凑了这场热闹:只见河堤两岸田野、山坡、洼地里一种熟悉的植物映入眼帘,大片大片矗立分枝,枝叶繁茂,开满花蕊,圆锥似的花絮微微垂下,绿白粉红相间,在风中摇曳招手。"辣蓼草",我脱口而出,几个同行的朋友循着我的声音望去也补了一句:"嗯,辣蓼草。""不!是辣蓼花。"有朋友纠正着。

青葱的长秆,一节一节地往上伸展;圆熟的叶子,一片一片地向四周蔓延;细碎的花蕾,一朵一朵地点缀其间。让人惊心动魄的原是一坡一坡一畦一畦密密匝匝的辣蓼啊。这些辣蓼花,亦红亦紫,蕊心透丁点儿白,好似染了喜庆的米粒。它们挨挨挤挤结成蔓长、丰腴的穗状,低垂的紫红花穗,一穗接一穗、一簇接一簇地在我身边倾泻着,以谦逊又桀骜的姿态,一路向东,怒放着心中的壮美。仿佛只应天上才有的灿若云霞般的锦绣,又宛如地底深处长出的一片熠熠生辉的星河。

这分明是我儿时看到的辣蓼草啊。

记得小时候,每当春风吹绿山野的时节,在老家的小溪旁,水沟边,甚至在一些石头缝隙里,只要有一点点的土,便会发出嫩芽,长出一蔸蔸、一畦畦绿色的辣蓼草。辣蓼草不择地,甚至不要播种,到了春上,辣蓼籽只要春风吹过,便急急地拱出了地面,托起一点新绿来。

"忍冬一季枯茎直,春来绽芽吐新绿。夏开红花缀满地,秋霜结籽压千枝。"这是父亲咏辣蓼草的打油诗。辣蓼草在我的家乡随处可见,是很野性的花。在我儿时的记忆中,这样的花是不受人待见的。不要看它的花一大片一

大片还有些诱人，芬芳得让人心悸，但是大人告诫我们，不要去碰它，要远离它，因为这种草有一股辛辣的味道，它的汁液比辣椒还要辣，要是不小心溅着了眼睛，都要痛上好半天。小时候的我们知道这种草的厉害。田园菜地里只要长出，大人便会下重手毫不留情地连根拔除，辣蓼草根太容易生长侵占土地，叶片上带着涩涩的茸毛、味辣刺激，牛羊都不会去吃。那时候，小孩子对辣蓼草避而远之，大人们也是嫌弃的，也真不觉得辣蓼花有多特别有多美丽。

倒是我的母亲对辣蓼草竟然是情有独钟，并不担心它的辛味会刺激着鼻子辣着眼睛。辣蓼草是做酒饼药的好药材，母亲会在立秋之后，将房前屋后零星的、一畦一畦的辣蓼草连根拔起，用水洗净晾干。又将摘来的桂花叶、橘子皮、甘草和着辣蓼草一起晒干切碎，然后用一个很大的石臼混合在一起捣碎。和着米粉加入温开水搅拌，捏成鸡蛋大小的丸子。母亲会将丸子放到篾筐里来回转动，在转动的同时，会将一两粒老饼药研碎成的粉末，在丸子的表面均匀地撒上一层，继续转动着。用一个竹篾筛子将丸子一层一层地放好，每一层铺一层稻草。待过三四天后，掀开稻草，似有一股清香扑鼻而来。母亲便让这些酒饼药通风透气，晒几天太阳，等酒饼药干透以后，放入特制的瓷坛子里收藏着。用辣蓼草做酒饼药一直都是母亲引为自豪的事情。

十分秋色无人管，半属芦花半蓼花。辣蓼花开的时节，麻溪河两岸的色彩是铺展的金黄和粉红，民居的色调俨如水墨，村落背景的山峦是隆起的绿色。秋天的阳光，像调色板，大块大块地在麻溪河湾的田园上、山坡中、洼地里晕染着，光影掠过田野、山坡、洼地，一层一叠的辣蓼草在摇曳着、奔涌着，一会儿把右岸的柳枝吹成淡紫，一会儿又把左岸的柳枝吹成粉红。那弯弯的田埂，成畈的田野，成梯的洼地，不仅显现着田园的弧形，还处处呈现着花海的景象，让人感到和煦秋风的温润与柔媚。"风意矜怜不忍狂，偶然一片点衣裳"。一阵风过，花红点点，让人想起龚自珍的"一卷临风开不得，两人红泪湿青山"。

我看着脚下那紫红一片，杂以青绿红白的辣蓼花，如此强烈的颜色，那真是一个壮观的花海世界，徜徉其中，宛若置身于童话，对所有到来的人显然是一种不可抵御的诱惑。男的女的，老的少的，穿红着绿，抛开文明与乡俗的禁锢，尽情释放自己内心的纯真，或雀跃欢呼或爬滚腾转，仿佛要在严谨的生活中掀起波澜。大家兴奋着，拥抱着，拍照也好，闲聊也罢，领受了，欣赏了，心生满足，总是可以叫自己兴高采烈好一阵子。你要是匍匐在辣蓼花海之中，恍如看到的是一道道金色光源，霞光照射，有如万道金光在你的周边闪烁。人在美好视觉的冲击下，总会有撕下面具的倾向。我忍不住拿出手机拍照留影，对于我来说，以鲜花为背景的照片一向很少，但这次我有些情不自禁，不，是被这花海感动、陶醉、融化了。

当太阳下山，喧嚷嬉闹的人群已经离去，麻溪河的两岸又恢复它本来的宁静，美的事物总会有某种无端的寂灭。我蹲下身子，抚摸着身边的一株辣蓼草，它的根茎极为壮实，枝叶密不透风，一节一节地往上生长攀升。不怕鸡啄牛啃，不怕车碾人踏，不但不怯，反而愈踏愈旺实。我头枕双臂，仰躺草滩，看天上流云，感觉不到秋的萧瑟悲凉，体会不了辣蓼草深处所谓的人情冷暖、世事无常。那些从四面八方蜂拥赶来的游客，他们的鞋底沾带了多少尘埃、泥土，还有那顽皮的小男孩，会将尿便浇在辣蓼草的根部，倒是更加壮实了辣蓼草的根脉、哺育了它的根系。是不是因为白天对辣蓼花草的践踏，反而激起了它抗争、向上的勇气和力量？辣蓼草是不是压迫越甚，反抗愈烈，吐露着泥土的芬芳？或许，是潜伏于土壤的根系在某个不平静的夜里，嗅得了人世间扰扰嚷嚷的气息，忘却了自身为何物，蓬勃得难以自抑？

万籁俱寂的夜晚，麻溪河上风雨桥的霓虹灯照射着清凉而又静谧的水面，两岸时不时传来几声蛙鸣。有夜风徐来，从四面八方飘来的阵阵辣蓼花香，早已漫山遍野弥漫着一片祝福。

# 小城饮食

"民以食为天",这是国人的一句老话。人生下来就要吃饭,可不同的人却为了不同的目的在吃饭,与之相应,他们的称谓也是五花八门。如果仅仅是为了温饱或者填饱肚子而吃,那没有什么特殊的,也就是普通人;如果是特别爱吃、爱品尝的人,可以称作"吃货";如果是在吃的方面再讲究点儿,则可以称作"食客";倘若是以吃为职业,在吃这方面形成了自己一套独特的吃法和理论,再在吃相上斯文一点儿,那就可以叫"美食家"或者"营养师"之类了。在吃上,国人永远是孜孜以求的。

北宋著名科学家沈括曾在其《梦溪笔谈》中提到:"大抵南人嗜咸,北人嗜甘。"可见在当时,中国就有了南北口味的不同,只是后来,随着人口的南来北往,相互迁移,南北口味都混杂其中,倒并不是那么鲜明了。到了清代,国人的饮食口味进一步得到了发展。清人徐珂在《清稗类钞》中,将国人的饮食喜好记述得比较准确。什么京菜、鲁菜、粤菜、苏菜、川菜等。在后来的演变中,渐渐地形成了所谓的"四大菜系"或者"八大菜系"甚至更多。

湘菜当属川菜系列的一个分支,民国后,川菜在湖南分支形成了湘菜一系,且湘菜继承了川菜辣的特点。对于小城的饮食习俗来说,恐怕也是一直在变化着和丰富着。

对于居住在小城的老人来说,大家都记得极其风光的五一饭店,五一饭店的坐落地是现今的康年大酒店,是小城以前的地标性建筑。当时的人们,要是有谁能在五一饭店吃饭请客,或者还能摆上几桌,那是极有面子和荣耀的。及至后来,小城人口慢慢增多,很多的餐饮店一时间纷纷冒了出来。一些早餐店,因陋就简,搭几片石棉瓦,摆几张桌子,一个早餐店子就搭建起来了。简陋的环境、粗糙的设备，却改变不了小城人们对美食的追求，犹如一夜春风，大大小小的早餐店遍及小城的大街小巷。现今的小城，大大小小的各类餐饮店有七百多家，而小城的人们，大抵都是极喜欢追赶时尚和潮流的，但凡是新开的餐饮店，不管是否对得上自己的口味，都会吆五喝六地叫上几个朋友，先去品尝一番再说。因此，单从小城的餐饮时尚来说，倒是开了周边地区的先河。

早在二十世纪三十年代，在小城的矿山地带，就有了西餐店和咖啡厅，那时欧洲的英国、法国、德国和亚洲的日本等国都争先恐后到矿山来"淘金"，便也在矿山的陶塘、盐井塘、飞水岩等地建起了一些西欧风格的小房子，并用其经营餐饮、住宿。当然，去那里光顾的，也是洋人居多，偶尔有几个矿山本地居民，多半也是在门外往里面瞧瞧，丝毫都没有要进去坐坐的心思，更说不上要进去品尝一番了。当地的居民对当时的西餐，一开始纷纷报以好奇的目光，因为西餐不仅菜品奇特，就连餐具的使用和摆放、餐厅的布局等方面都让人从来没有见过。特别是一个圆圆的餐桌，取代了当地百姓的四方桌，桌上还要摆一个可以旋转的小圆盘，有讲究的食客还在放叉具、刀具、碟子的下面铺一块红红的小餐布。只是随着时间的推移，慢慢地人们也由好奇变成了尝试，陌生变成了熟悉，从看不惯到看得惯，从排斥到登堂入室，再到大快朵颐。那新颖的餐具，那时尚的吃法，诱惑着人们的胃口。

其实那时的人们，真正懂得如何使用那些餐具、如何去吃、如何去品的，恐怕也是寥寥无几。起初矿山上西餐馆的开设，也只是洋人为了满足自己的餐饮习惯需要，那些洋人初到矿山，难免水土不服，吃不惯中餐特别是不会用国人的筷子，实在也是在所难免的。对国人来说，对西餐的认识也是循着"听说—好奇—试吃—习惯—适应"的过程，只不过有的人走到了最后一步，有的人没走那么远。那时有点地位和文化的时尚达人，常常会到西餐厅设席款待宾客，宾客持手写的请柬，拿着手写的菜单，侍者穿着西装皮鞋迎来送往。也有的纯粹是为了摆阔，为了炫耀显赫的身份，或是为了社交，有的是"器必洋式，食必西餐"，要的也就是那个派头。那时的菜单和今天的菜单样式相比，也是毫不逊色的。现在的菜单，大多是打印体，民国时期的菜单，大多是手写的，其飘逸的字体，也是一种很好的书法享受。现今的人们，对西餐已是见惯不怪，进洋馆开洋荤已不再是一种时尚。

与西餐同时进入国人视线的,就是随之而来的西式饮品了,诸如咖啡、汽水之类的。

千百年来,国人的饮品要么是茶,要么是酒。茶能解毒、利尿、养生,还能美容;酒能促进血液循环、通经络、去风湿,当时老百姓喝的一般都是黄酒、白酒或是自酿的米烧酒一类。从民国以来,国人也渐渐开始喝起了"洋水"。小城虽小,但实实在在也是开了风气之先的。

在当时的矿山,咖啡最初仅是一道类似饭后甜点式的饮品,供食客用完正餐后享用。及至后来,一些人在日子过得悠闲的时刻,喜欢找间咖啡馆,在慢慢品尝的同时,聊聊生活、聊聊社会、叙叙友情,其实喝什么倒已经不重要了,重要的是那个气氛、那个情调和那个心情。记得二十世纪八十年代初,国人流行喝汽水。其实汽水也是舶来品。清初徐珂在《清稗类钞》中曾这样描述汽水:"荷兰水,即汽水,以碳酸气及酒石酸或橼酸加糖及其他种果汁制成者,如柠檬水之类皆是……今国人能自制之,且有设肆专售以供过客之取饮者,入夏而有,初秋犹然。"三十多年前,小城人们自做汽水、喝汽水也是一时之盛,特别是夏天,暑气正旺,在我们乡下,刚从田间地头劳作归来,喝几碗自做的汽水,要什么味道就做什么味道,那个凉爽和舒服的劲头,远比冰棒、雪糕来得快。

小城现在对餐饮也是兼收并蓄,无论是中餐还是西餐,都是中西并举,各有所长。小城的名吃,诸如杯子糕、穆子粑、烧饼等普通得不能再普通的早点小吃,是愈发做出了自己的味儿,而小城特有的红薯粉、禾青唆螺,更是小城的经典名吃,红薯必是自家种的,红薯粉也必是自家做的,不会去加任何的添加剂和色剂。而那禾青的唆螺,是一个一个砂洗外壳,剪去唆螺尾,去肠,加紫苏,放几根葱,撒点香料,然后爆炒,看食客的口味,喜欢辣的,尽可以加辣。而现在小城的麻辣小吃,特别是麻辣豆腐,竟然细分成了微辣、中辣和特辣,很受小城人们特别是女孩子的青睐,通过各种外卖,更是家喻户晓,成了小城特色小吃品牌。而现在各地流行的牛全席、猪全席甚至羊全席也是丝毫不逊于"满汉全席"的。

在我的老家,每年的大年三十,全家人欢欢喜喜围坐在一起,烤着煤火,谈着一年的丰收和喜悦。大人们就准备着一桌丰盛的年夜饭,做年夜饭的食材是非常重要的,我们老家流行过年的时候吃"砧板肉"。大抵是在年前的二十五六，在我们乡下，将喂了一年有余的大肥猪宰杀后，最好是选用后腿附近的一坨猪肉，再不济的人家也会砍个十余斤，先是用盐腌制几天，到了大年三十晚上，连同宰杀的大肥鸡一起放入一口大铁锅，用火焖熟。待到凌晨，选一个很吉利的时辰和方位，一家老小在长辈的带领下，打开大门，大家一起说着新年好、恭喜发财等吉利祝福的话语，放着鞭炮，敬祀祖先。等到仪式后，一家人围坐在一起吃着年夜饭，老人就会拿着筷子，对着家人说着"得酒得财"的话语。做砧板肉最大的特点就是肉质要好，材质要精，做工要细，吃法倒是比较粗犷，砧板肉必须是大口吃下去的，由不得你细细去品尝，那样才能让你丝毫也不觉得肥腻。

现在的小城饮食，可谓是百味齐全。小城的人们，也不必再受"口味单一"的困扰，足不出户就可尽情享受美食之乐。

# 陶塘古街

从资江河畔一个叫老鼠港的地方，七拐八拐地沿着盘山公路走上四五十分钟，便来到了一家百年老店——锡矿山，早在十八世纪初期就有人在山上开采锡矿。方圆不到两平方公里，那时就已经汇聚着十多万名产业工人，也就有了十多万个家庭，大家都聚居在一个当地人叫陶塘街的地方。到现在，至少也有一百多年的历史，就是矿山的开采，有历史记载的时间也有一百五十多年。当地人说，陶塘街比矿山的历史还要悠久。

古街的入口处很不显眼，不到三米宽的街口与普通的小巷毫无差别，并排也就只能走两三个人吧。然而走进古街，我们便被它悠久的历史、昔日的繁华深深吸引。沿着鹅卵石铺就的古道前行，亦即随着街旁溪水的流向游走，两边的木板房一间挨着一间，鳞次栉比。老街上有茶水房、铁匠铺、裁缝店、理发店、米坊、酿酒坊、伞作坊，还有幼儿园和小学……

走在街道上，古风扑面，清幽简朴，步步皆景。我们走进一栋保存较为完好的古民居，阴凉的天光与古旧的墙垣、青瓦、门楼、苍苔，以及风雨剥蚀的痕迹浑然一体，昏暗的色调，虫蛀的门板，有如用一种冷峻的灰色的语言，确认一个古街的古老。只有被鞋底磨得光滑的卵石和溪水间的平板石桥是油亮的，透着雨洗的色泽。令我诧异的是古街的墙角还有一小片荒芜的土地，花树疏落，荒草离离，一两朵花在阳光下鲜嫩欲滴。与这木雕的梁栋相辅相成，既有历史陈迹的呈现，又有着草长花开，生生不息的生命轮回。

古民居多有雕花木窗。繁复精细的镂空木雕，于花叶状的图案中雕有蝙蝠、鹿、鹤等物，形态逼真，细密工巧，寓有福禄寿的意思。只不过由于时光的侵蚀，没有几块是完好的，已失去当年的棱角和色泽，呈暗黑色的磨蚀状。在雕花木窗下，青瓦板墙间，木质的门框窗框都露出干涩枯瘦的纹理，以及局部的朽败，暗绿的苔藓。也许这里还有读书人，因为我看到一家厅堂里有字迹模糊的遗迹。倏忽有燕子飞出，让我忍不住看那梁上的燕巢，燕子衔泥一点点堆垒的燕巢，唤起我儿时久远的记忆。一时间竟恍如隔世。

　　沿着主街，在它的两边横生出很多的小巷子。主街就好比是一条河系的干流，还有无数的支流铺陈在干流的四周。陶塘街也是如此。巷子特别多，什么向阳巷、太平巷、卖猪巷、铁匠巷、理发巷、落轿巷、学堂巷……单是你去猜想这些巷名就是一段情节一段故事。就像你挖出了埋藏在地下几十上百年的一坛坛陈年老酿，在没有打开泥封的盖子之前，让人有多少悬念与联想。尽管我们搞不清这些巷名的来历和渊源，却在这些巷子里走着。小巷比主街更窄，小巷里铺一路的碎石或者石板，有的是清一色的黄土路。两边是高高低低、错错落落的楼房和低矮的木板房，挤出中间的一条弯弯曲曲的小路，那晾衣服的竹竿就可以从这边的屋檐撑到那边的屋檐。

　　有的小巷很短，三五十步就走到了尽头。有的小巷很深，深邃得一眼望不到头，沿着屋檐往里走，会看到一个个天井，有的天井里会有水井，水井的旁边会有几株植物，喜欢花草的主人会栽培一些牵牛花、常青藤之类的植物蔓延滋长，悄悄地爬出墙来，使小巷透着一些生命的气息。夏天纳凉的时候，巷子里的人家都会搬个小板凳或者小竹椅，点燃一摞用黄荆叶做成的灭蚊火把，在渐明渐暗的火光中，小巷里会有那么一点细细的香味儿，使人想起"不摇香已乱，无风花自飞"的诗句来。

　　街上和巷子里有日夜营业应有尽有的各种店铺。有着各个地方口味不一的早餐店，有附近的乡人们自己种养的蔬菜和鸡鱼肉之类的，大清早就担到集市上来卖几个钱补贴家用。还有穿行在街上和小巷里那清脆的，或是浑浊的、沙哑的叫卖声。生活在街上的人家，有的会在每天的清晨，早早地起来，循着主街走一遍，有时会绕着几条小巷慢悠悠地晃荡着。有勤快的主妇会顺便买好一天的蔬菜、肉类，还会带上几个馒头、包子、油条，好吃的还会打一碗馄饨或者热面回家，让上学的小孩和上班的家人吃好吃饱。

　　老街现在已经很老了，沧桑自不必说。但是，我们仍留恋老街，对老街情有独钟，一往情深。我们有时间，有心情，可以在老街上慢悠悠地走，慢悠悠地荡，慢悠悠地看。老街对于我们来说，似乎永远都充满着神秘感，总

会在不经意间有一些让人好奇的东西出现，给人以惊喜。踏在不同的石块上，或大或小，或圆或尖，或红或绿，脚的感觉是不一样的，心里的感觉当然也就不一样了，仿佛每一步都踏在了一个让人兴奋的支点上。

我们来的时候，走在古道上，看到茶水房那硕大的铁锅里冒着腾腾热气，那个烧锅炉的师傅正在安静地往水瓶里灌水，不急不缓，师傅那张古铜色的脸在水雾之中，若隐若现。而在锅炉旁的不远处，有一个酿酒的大妈，腰里系着皮围裙，正在将一锅热水舀倒出去，又将接了自来水的管子放入蒸汽锅里，不紧不慢地。我们也是漫不经心地往里走，享受着慢时光，也生怕打扰了古街的幽静。不经意间，我们都闻到了一股挺好闻的气味儿，大家一时却想不出是什么味儿，突然，一个朋友说，那是桐油味儿。有眼尖的同伴看到隔着三五栋房子的地方，几把颜色不一的伞晾在一根麻绳上。我们赶了过去，原来是一对老年夫妻，给刚刚做好的油纸伞、油布伞上油。我看到几把黄的、红的、紫的甚至还有黑的油布伞、油纸伞，静静地撑开着，悠然地晒着阳光，还有几把未完工的伞的龙骨架倚在墙角躺着，空气中弥漫着好闻的桐油味儿。有同伴在和老夫妻讨价还价，原来，大家都是要买一把油纸伞回家的。我也赶忙买了一把，奶奶很久以前就和我说了，要我到陶塘街上买一把油纸伞回家。

从老街出来，往下走，有一座小山，不高不陡。但是，爬上去也能看到周边三四十里的范围。那里有一个碉堡，大概有十多米高，三层楼高的样子，碉堡上现在还残存着密密麻麻的弹孔，据说，刚解放的那几年，在泥土里还能挖出生了锈的弹壳来。上方的山顶上，建起了一座烈士纪念塔，塔上镌刻着八个大字：革命烈士永垂不朽。纪念塔成了古街的标志，每年清明，都会来很多人缅怀先烈。站在烈士纪念塔前，我的脑海中想象着当时矿上的共产党员和革命志士为了矿山的解放和保护好矿山，献出了自己年轻的生命，他们的英勇事迹和光辉形象在我的心底定格。那个片刻，我有点恍惚，似乎穿越了，心灵完全被情感的时空淹没了。

夕阳缓缓落入了山门，我看到了漫山遍野一片闪着金光的耀眼的红色。

历史离我们很远，又似乎很近。历史像一座山，巍然地耸立在我们的面前；历史像一条河，涤荡岁月留给我们的痕迹。只是，时常会在不经意间便让人有了记忆和疼痛。

# 小城茶楼

似乎只是在一夜之间，这座小城冒出了许许多多的茶楼，在很小的城区竟然栖居着大大小小六七十家。

每次在夜色阑珊中融入这座小城，无论是称得上是街是路的繁华地段，抑或是弄里小巷，总会看到悬挂着大大小小的霓虹灯在闪烁着，这十有八九是座茶楼。我每每看到就会生出一种莫名的喜悦和兴奋，感觉到在这喧嚣的小城竟然也挤出了一点点的空间，给人的寂寞心灵以一种释放和皈依，一种怡静和悠然，我也总喜欢去茶楼，独自静静品啜茶的浓酽、茶的清淡、茶的沁香和苦涩。

小城茶楼多是多矣，可真正称得上能品茗的好去处却是很少的，也就那么三五家，有些高雅意境。很多茶楼也就是用几块三合板隔几间小屋子，很粗疏地点缀一下，就成了一间间茶室，但生意也是出奇的好。这多半是一些生意场上的人，找个清静的地方，谈一二件事，喝几口茶。也有的是无事弄个清静之所，邀几个相投的朋友，聚到一起侃侃大山，来个煮茶论英雄的；要么就是打打麻将和纸牌玩个小意思的。

小城茶楼的名字多半是直奔茶主题来的。真正够得上品位和值得把玩的茶楼名称也没有几个，有的茶楼也附庸风雅，在进门的两边贴上一副对联，可有的却连基本的韵脚都找不到。当然也有些茶楼的名字是挺好的。小城茶楼的主人也是各不相同的，很多是邀三五个玩得好的朋友一起盘个门面，就放几响鞭炮，中规中矩地做起了老板，这多半是一些年轻的下岗女性，既找了一份好职业能赚钱又能圆自己的老板梦。但真正能泡上一杯好茶说出几点茶文化的人，小城茶楼着实没有几个。

  但小城的茶楼也有一二处很别致的地方，也可以让你感觉到什么是真正的茶楼，什么是真正的茶文化，什么是真正的品茗。

  在小城的偏东一隅，就有这样一家茶楼，走进那宽敞的大厅，就有一条走廊，走廊一侧过道是用玻璃镶嵌的，中间是一排用鹅卵石铺就的小石子路。玻璃下面是潺潺的流水，散落着几片红红的落叶，游弋着几尾金色的小鱼，几乎是透明的，走过去也不怎么显眼，待你走到尽头时，偶回过头来看，金属般的银光微微一闪，似天上虹，却又有小鱼儿在游弋。走廊的尽头是一间间的茶室，客人饭后可以到里面去品茗，茶室里的风光和外面不同，且各个茶室的装饰风格也各有千秋，有用青砖铺就的，有用梨木板拼就的，还有的竟是用山野黄土垒就的。摆设多是各种红木茶几，粗糙布制沙发，有的用古色古香的太师椅，折几个松松软软的丝绒枕，打横放几只长沙发。墙上一轴书法，笔走龙蛇，有草书、隶书、篆书，没有几个人能认得写了什么，取个意思罢了，也是营造了一个清幽雅致的品茗环境。

  来喝茶的也多是高雅之士，至少也是附庸风雅的人，多是来品茗，来感受茶的韵致和茶文化深厚的内蕴。而与这里的茶艺师品茶论道，听她们娓娓道来的茶文化，也极是一种享受。茶是东方文明的深沉积淀，茶可涤尘烦，茶可行道亦可雅志。在清香中自得其乐，茶可禀天地至清之气。一边品着茶的清纯之气，一边听着茶艺师的茶文化，享受着那一份宁静与幽远，那可得感谢小城茶楼了，为我们打造了一个悠闲的好去处，一个可以在清静中参悟的好地方。

## 油菜花开

油菜花开，总是在农历二三月间，还是乍暖还寒的时候。在城市或郊区，在田野或溪边，哪怕是一棵、两棵、三棵，零零落落地都会撑起一片花来，给人们一份喜悦的心情，感觉春天已经到了。倘若是一丘丘一畦畦的油菜花开，那一株株一片片的翠绿托起一排排一丛丛鹅黄的地毯，一阵阵微风吹拂金色的花海，如潮水般朝着赏花的人涌来，伴着那温润的气息，花香渐次袭来。那阵势俨然是古战场上两军对垒时的排兵布阵，不由得让人想起黄巢那"满城尽带黄金甲"的诗句。"布谷飞飞劝早耕，春锄扑扑趁春晴。"当油菜花渐次开来，即将结籽的时候，正是春耕大忙的时节，老农便会扛着犁耙、赶着老牛从油菜花旁缓缓而过，扶犁牵牛，躬耕田亩，成了广袤大地上最美的身影。那一坡坡的油菜花和一垄垄耕耘着的水田，那赏花人和忙着春耕的人，动静相宜和谐相生，一幅乡村图景，一曲田园小调，令人心旷神怡，让人不忍相扰。

我的老家在资水之滨，那儿溪流山涧细多如麻，塘堰沟渠星罗棋布，自古以来村民都会种植水稻、油菜。勤劳的乡邻，只要有机会，就会在田间地头，在坑洼旮旯里播种希望。油菜花也不在乎，只要有地方，它们就会拼命生长。不禁让人想起唐代诗人温庭筠的"沃田桑景晚，平野菜花春"。老家的村民，会在收了晚稻后，将田土翻耕，开出一道道垄来，挖出一个个如饭碗般大小的坑，往坑中播撒几粒种子，再薄薄地施一点农家肥，均匀地盖上一层碎土，大家就只等来年油菜花开了。作为一种最常见的农作物，相较水稻种植的费时费力，油菜则要好侍弄得多。从我记事起的很多年里，春上的油菜籽便是我家的重要收入来源。交学费，买农药、化肥、种子，甚至穿上一

件崭新的衣服,父母都是指望着它的……突然间想起了清朝乾隆写的一首叫《菜花》的诗:"黄萼裳裳绿叶稠,千村欣卜榨新油。爱他生计资民用,不是闲花野草流。"油菜花迎着阳光,迎着风雨,只为开花结籽,回馈农家希望。而老家宅子里那散发着浓浓香味的榨油坊,是油菜花开最美的期望与最好的归宿,更是父辈们的寄托和希望。

草长莺飞的三月,正是油菜花开的季节,邂逅油菜花,便也与春天有一场美丽的约会。油菜花不择地,随意地在山野沟渠边撒播几粒种子,几天以后,就会长出一点新绿,在整个的严冬,照样是默默地生长着,只待来年的新春,已经是茁壮成长的一株"绿树"。油菜花不奢华,无论什么时候,都不介意我们喜爱与否,一旦花开,它的枝枝丫丫一簇簇的热热闹闹、轰轰烈烈地盛开着,让人诧异而又惊艳,而这铺天盖地的油菜花,让春意更浓了……春风吹过,油菜花低眉颔首,淡雅悠远,丝毫也看不出它的张扬和奢华。看花人小心翼翼地走在油菜花的田垄上,自然而然地萌生爱意,唯恐抖落花瓣一片。一个多月的花期,黄色是山野田园溪边垄上风光的流行色,悄悄烙印在岁月的长河里。

在我很小的时候,上学逛街走亲戚,我都无数次从油菜花中穿行而过,但是我的内心是安之若素,无一丝波澜,平淡到就像面对每天呼吸的空气。就像面对村子里所有熟稔的泥土路一样,并不觉得有什么诗情画意,菜花依旧是菜花。只是有时候,在放学回家的途中,会约上三五个少年,在油菜花中嬉戏、追逐,偶尔还会在油菜花丛中打几个滚,摔几次跤,弄得满身都是油菜花香,爱美的小女孩还会摘几朵正在盛开的花儿,扎在头发上。杨万里的"儿童急走追黄蝶,飞入菜花无处寻",倒是最真实的写照了。更有冯子振那"点点阳春膏雨。菜花间蝶也飞来,又趁暖风双去。杏梢红韭嫩泉香,是老瓦盆边饮处"的韵味。

家乡的油菜花有如一个朴素大方的邻家女孩,让我再熟悉不过,一种很亲切很熟悉的感觉。现在,人们的生活水平已经有了很大的改善和提高,油菜不再是主要的农作物,倒更多的是人们欣赏美、发现美、感受美的一种享受和寄托了。记忆里的油菜花开,随风起伏,载动着乡思乡愁。

油菜花依旧在山野田垄小溪边盛开着,年复一年。油菜花盛开的时候,春天也就到来了,一切都可以重新开始了。

# 山水撩活一池春梦

人到中年，做梦似乎也少了，或者说偶尔有梦，一旦醒来，大多是记不起来，就是能记起来的，大抵也是单调极了。日子在按部就班中延续着，每一天就是散步读书写字……饿了就吃，渴了就喝，累了就睡。看书看到不翻页，睡觉睡到自然醒，但几乎没有梦，即使有梦，也没有梦到什么，日子波澜不惊。

可前几天我还是做梦了，这春天的梦，让我行走在山水之间。冷水江是山水相连的，有大乘山祖师岭，有金竹山石子岭，市内还有美女山、青山，更有陡山崖、狮子崖、飞水崖，有波月洞、九门洞、仙憩洞。有麻溪、柳溪、球溪、涟溪、银溪等溪流纵贯全市，更有湖南省四大水系的湘资沅醴的资江穿城而过。莫不是在年底的时候，和同学闲聊着冷水江的山和水。难道真的是日有所思夜有所梦，难道真的要在梦幻中点化我们什么吗？这故乡的一方山水，让我入梦，也是难得。

于是，趁着假期，和几个要好的朋友，也来了一场说走就走的"户外"。

我们决定徒步冷水江的最高峰祖师岭。

山路蜿蜒，层峦叠嶂，绵延起伏的群山争雄似的一座比一座高。我们弃车步行，站在祖师岭的山脚下，抬眼望向对面的群山。

"我们在徒步祖师岭。"同行的朋友在微信中用语音告诉着他的朋友们。

我们沿着简易的山间小路逶迤而上，一路上也少不了找寻历史的足迹。我们常常感喟着，家乡但凡说得上号的山和水，亦如众多的名山大川一样，都会牵强附会着一个个或者平凡或者不平凡的故事。有好事的朋友立马用手机百度起祖师岭的来历，果不其然，祖师岭的传说和故事还是有很多的，特别是李翰林的故事和乡民们求雨的故事，描绘得活灵活现。对于我们这些沉

涵在故纸堆里的学究来说,是不以为然的,只添一点上山的谈资罢了。倒是在新化大儒邓显鹤编撰的《宝庆府志》中的《疆里记·六》中有记载,"出县东北向,有祖师岭,有殿,求雨显灵"。在其《疆里图》中堪舆从县天龙山北向,可抵祖师岭,并标记有路线及沿途古迹风物。

  我们并没有着意地在简易的上山公路中行走,倒是在峰峦峡谷中穿行,时而感觉着山路的峡窄,时而感觉着山路的陡峭,也清谈着人生的不易和生活的艰辛。也有很多意想不到的风景很突兀地出现在我们的眼前,我们都来不及细细品味,美好的风景就已经离我们而去,空留下一些遗憾或遐想,但是,我们都没有再走回去欣赏的念头。偶尔站在山峦的高处,视野开阔的地带,极目远眺,氤氲之气驾着清风荡漾着,雾气在我们的头上时而聚集,时而飘散。横生出了雾失楼台、月迷津渡之感。到了山高之处,飘逸着一丝一丝的冷雨。我们可以很清晰地听到不远处游人们的说话,但是却看不清对方的身影。终于爬上了山顶,在我们抬头的瞬间,一座稍显破旧的寺庙出现在我们的面前,有一个俊俏的年轻和尚和我们打着招呼,我们看了看殿的四周,有一股清冽的泉水,虽然山里的气温很低,但是用手捧着泉水,竟然有着丝丝的热气儿,不知是泉水的温度还是我们手掌心的体温。来到殿中,很多的什物都是破旧了的,有的还很破烂了,殿宇的琉璃瓦倒是新的。我们和小和尚攀谈起来,在他稚嫩的语言中透着他对佛门的敬畏和出家的心愿。一个朋友在找寻着功德箱,小和尚一边和我们交流着,一边带着我们在殿内走动,他并不期待着我们的布施,倒是很喜欢和我们攀谈,说着他心中的佛门境地和内心对佛家的理解,还说到希望能阅读到更多佛门弟子的书籍。

  我们来到了殿宇的后山坡,站在山脊的高处,这时,气温渐渐回升,一团一团的雾气也飘然散去,但见起起伏伏生动活泼的山峰尽收眼底。山水环绕,沟壑纵横,林寨错落,周边秀竹翠色逼人。山高石怪,林幽峰奇,悬崖峭壁,就如刀斧劈出来一般,蔚为壮观。我市海拔最高的祖师岭所在的大乘山属湖南省两大山系中的雪峰山系,雪峰山脉往东南而来,而另一山系衡山山脉向西北延伸,和谐相接,阴阳交合,宛如鸾凤和鸣于此,形成了气势宏大而又充满灵气的祖师岭。南北纵贯,主体山峰长达十多公里。余脉绵延三十多公里,气势恢宏。站在祖师岭的山巅,各峰顶尽收眼底,众峰呈"一"字弧形拉开,南北展布,主峰开面向东,两翼众峰多似弯形环抱内收。人站在祖师殿后，有众峰朝向之感，而环顾脚下诸峰，似有百凤朝阳之态，远看北有龙山山脉南有天龙山山脉，遥为呼应，与祖师岭诸峰互为倚仗。有朋友用尽全力，朝着山中大声呼喊，似有众山吆喝，回声不绝，疑有千军万马远奔而来。

我们在当地一赶蜂人的引领下，从祖师殿后沿山而下，抵达大乘山麓。有潺潺流水声，却不见溪流。我们常说，山是水的脊梁，水是山的血脉，山水相依相偎相连相通。沿着山水之声而下，有水从石缝里钻出来，山民称之为泉水，有水从悬崖上倾泻而下，山民称之为瀑布，溪水偶尔又捆成了一团，找了一个浅浅的窝子聚拢而来，躲在沟壑间，那又是一泓泓的深潭。时间久了，山水流经的地方，慢慢地汇聚成了一条一条的山溪。

我们沿着大乘山的溪流而下，溪水清澈见底，溪中还有很多的泉眼，密密麻麻地躲在石缝中草丛里，水底不深，虽然水面有时倒也显得开阔，但是大抵也不到一米宽，随手捡拾起一颗石子，轻轻地往水中一扔便会很俏皮地激起一圈一圈的涟漪，向四周飘散开来，柔柔和和，脉脉不语，恍如烟波仙子一般任由着你的思绪飘散、伸展而去。

大乘山的杜鹃，越在山顶越开得正欢，越开得正艳，那些深红色的尤物还在风中嬉闹着，而在它们的身后，是一树一树的曾经红的桃花白的梨花，都在伤心流泪，一片一片又一片地随风飘落。"零落成泥碾作尘，只有香如故。"也许桃花不知，梨花也不知，但是花仙子定会知晓。要不，又怎么有"花谢花飞飞满天，红消香断有谁怜"的喟叹呢？当然，即便是正在怒放着的杜鹃，也会有"花开易见落难寻"的那一天。但年年春风吹过，山上又将迎来山花烂漫的日子。"人间四月芳菲尽，大乘杜鹃始盛开。"不经意间，同行的朋友喟然长叹，似乎诗兴大发，"世间浩荡百年身，未若春花岁岁新。一行萍梗红尘客，争做桃源梦里人"。有朋友出口成章。

我们沿着大乘山溪流一路走下来，也在谈论着冷水江山水的文化底蕴。我常想，一个城市的高楼和建筑可以复制，一个地方的文化和生态却是不可复制的。当我们站在大乘山的山巅，看到金竹山电厂那几个硕大无比的烟塔，一股股饱满的浓烟冲向天穹，心中有了莫名的感慨。而当我的一个朋友正在做一个湖南省精品旅游线路重点县市的申报材料时，麻溪梦里水乡、新农村开发、资江精品、红色矿山，这一条条的精品旅游路线，无一不是生态和文

化的融合体,既是文化游更是生态游。而文化是旅游的灵魂,当我们在祖师岭感悟上千年的打谯问神的神话,看到大乘山上留存了千年前的木栅栏,看到一个个千年前的古迹古物,听到一个个流传千年的传说典故,冷水江就有了一种不可言说的温润和可爱。

春风乍起,吹皱一池春水,撩活一池春梦。

第五辑
## 发现·钩沉

# 东台山向东

每次回湘乡,必定去东台山,湘乡之东,有石如台,故名东台。

2020年年末的晨曦里,寒冬的冷风吹散了薄薄的晨雾,吹去了最后一朵野菊金黄的笑靥,我又一次来到东台山脚下。东台山四面环山,山岩陡峭,石径幽邃,树木苍劲。石岩间有幽泉,激石有声,如鸣珮环。韶山灌区如一条绿色的飘带绕着东台山脚往东而去,我们穿过精巧的木质栈桥,看到一栋栋别致的农家小院依山而建,错落有致,红木屋檐,琉璃屋顶,或红、或蓝、或绿,窗户上吊着一串串红辣椒和玉米棒子,大门的两侧挂着一个个大红的灯笼,小小院落,烘托出了过年的氛围,感觉都是暖暖的印记。

在山脚下的时候,分明落的还是微雨,可到了山上已是雪花飞舞,一片银装素裹。风雪过后,东台山完全变了模样,一袭白雪,让山更富有诗意。一棵棵山茶树被雪覆盖,像一朵朵洁白的鲜花开满了山野。树形不同,高低有别,那些雪白的"花儿"就有了姿态,有了风韵。鸟儿和松鼠们总是骚动不安,惊扰得树枝上的积雪如同一道道银色的瀑布倾泻而下,沙沙作响。在山梁或是风口处还能看到雾凇奇观,处处冰清玉洁,满目玉树琼花的自然之美让人叹为观止。

循曲径而上,随山曲折至凤凰寺,寺内有宋代古钟,可惜已破损,口微缺有裂痕,我们轻轻地用手指敲击,仍发出了铿然的声响。出凤凰寺往东走百余步,有一处叫元真的道观,壁上留有石刻,仔细辨析,原来是清朝名士、书法家萧礼容题东台杂咏诗,湘军名将罗泽南亦为之题跋。站在凤凰寺,远眺湘乡,城郭如画;阡陌交错,涟水萦带;丘陵起伏,环绕东台山而拱之。我们先前经过的农家小院,像散落在仙境里的宫殿,红瓦盖顶的小院最是惹眼，红色，成了这银色世界里最绝妙的搭配。鸡鸣犬吠，鸟鸣雀噪，清晰而又空灵，仿若天籁之音，打破了雪野的宁静。

视线穿过涟水河，眺望岸边的曾国藩诗文岛和纪念蜀汉蒋琬的风雨楼，可远望城中褚公祠，唐褚公遂良因谏触上，被贬潭州，祠即其当时停驻之地。考量时光的漫长，拨开岁月漫漶的迷雾。我的思绪又回到了山脚下的土地，窥见属于东台山的点点印痕，雪后初霁的东台山有一种不畏严寒的坚定，让人顿生敬佩。你瞧！松树的枝丫处，如眼眸的清纯，饱含深情地凝视着人们，喜悦的暖流在胴体里涌动；那朵朵茶花，仿佛迸发出红通通的火焰，驱散寒冷，留下一片舒心的欢笑。

我的视线被左侧山腰的绿色吸引着，我看到"东台山生态农庄"和"减税降费 利国利民"的牌匾相依相偎，在雪后阳光的映照下，熠熠生辉，格外耀眼。茶林，依丘顺势，逶迤而去，一行行茶树就像一排排置放在山间的琴键，没有黑键与白键之分，是清一色的深绿。山风吹来，碧波荡漾，如一组巨型的画屏，摆放在大山间。东台山下，是大棚种植的蔬菜、草莓，池塘养殖的鱼、蟹。茶林与种养业，不但是发展乡村旅游产业的独特资源，是生态旅游景点，更是党的精准扶贫富民政策和税收优惠政策的落地生根，醉了游人，富了茶乡。

时光不惊，岁月有影。我们踩踏着融雪，沐浴着阳光，下山。一位正在劈柴的老者微笑着与我打招呼，闲聊起来。老人姓谭，在东台山下住了五十多年，从过去土砖青瓦的祖屋到而今宽敞的三层别墅，没有离开过老家半步。老人笑着对我说，那片茶林，就是他大儿子开发的生态农庄，而朝阳的那面稍缓的山，则是他和老伴散养的牛羊和鸡；沿着山路走过去，有二三十亩的水田和旱地，退耕还林后，兼种花草、苗木和玉米、油菜；这面山菊花开得鲜艳，可以养蜂，有时忙不过来，便让别人来养。我看到屋后的堡坎上，摆着一排蜂箱。

我们继续攀谈着，老人告诉我，感谢党的政策好，发展特色农业，观光农业；国家对农业发展的税收优惠政策力度很大，现在种粮不用交农业税，杀猪不用交屠宰税，就是卖到城里的苗木花草，也是免税的；我们农民，也跟上了时代的步伐，过上了小康生活。我看到年轻人骑着电动摩托车，开着小车，陆陆续续地回家。他们在城里上班，早出晚归，非常方便。每到周末，

帮着父母一起打理门前屋后自留地,给花草浇水,给苗木剪枝,放放鹅鸭,喂喂猪,养养鸡,闲情逸致油然而生。这些,在过去是农民想都不敢想的新鲜事啊。老人掰着手指,笑着和我数起了"家珍",说起自己的老年生活,不但有老龄补贴,有养老保险,还有医保和社保。当我告诉老人,现在的居民医保、社保都是税务部门征缴时,老人一个劲地说,好,好。老人的脸上又绽开了花。

炊烟袅袅升起,有风时,飘飘摇摇;无风时,扶摇直上。一户农家正杀猪过年,虽是不识,主人却热情地邀我去坐坐,我看着主人丰收的喜悦和热汤的鲜美,感受着乡亲的质朴与豪爽,便毫不客气地端起一碗冒着热气的、红红的猪血汤喝了起来,也是一件难得的赏心乐事。

# 资水和她的《资水滩歌》

资水发源都梁,从城步、新宁至武冈州,北过邵阳县,依次纳夫水、邵水、云泉水,西过新化县纳白洋等溪,流经安化境,又纳山溪水十数条,南合伊水,北合善溪,入益阳界,又纳四里河、桃花港、兰溪等十余水,入洞庭湖。源流长一千八百里,江面宽一二里不等,四季皆有水通舟楫(见《湖湘文库·陶澍集·御书印心石屋恭纪》)。资水流经万山中,有芦埠、柳叶……即古所谓三里滩也,石屹中流,涛波汹急,上水以缆牵挽,下水招竿拔之,旋转石间,其险过于吕梁(见《湖湘文库·湖南通史·新化县》)。这是我在史书中感受到的资水河。

但在资水的两岸,风景却是美不胜收。时而雄伟险峻,时而清纯秀丽。两岸的森林植被保护良好,奇峰突兀中怪石嶙峋,云烟缥缈处竹木葱茏,山花烂漫时鸟飞莺啼,资水亦宛如玉带穿梭于奇山峻岭之间。江面竹筏穿梭,江畔竹篱茅舍。这自然的风景,在于资水两岸,古老的村寨如明珠散落其中,一望而苍翠满目,清新怡人。好山千叠翠,流水一江清。资水风光的确迷人,最好是租一条小船,乘舟游览风光旖旎的两岸,犹如步入一条长长的山水画廊。顺江而流,随着江水而深入,的确可以见到别人不能见到的风景,并感受到别人所不能感受的人生况味。沿资水而走,对于那生长在城市中未得见过自然山水的人来说,确是一个极好的选择。站在船上,只要睁开双眼,风景便全在左右前后,目不暇接。

资水情意绵绵地滋润着两岸的繁华,让两岸的城市也平添了秀丽和温润。资水汤汤,多少绝唱。从十九世纪末就流传着"铁打的宝庆,银铸的益阳"一说。"铁打的宝庆",是说宝庆沿资水一带,加工毛板船的打铁业很发达,

造毛板船时，用那种毛铁打造的马钉，把一根根的毛板钉成船。毛板船需求量大，刺激着打铁业的兴起，资水沿岸至今仍有很多铁匠铺和铁匠。"银铸的益阳"，是形容益阳的贸易量大，银元流通多。当时由于毛板船业兴起，宝庆、益阳商业繁华，极为兴盛。

邵阳自古就有"宝庆"之名，"南宋宝庆元年（1225），理宗赵昀登极，赵昀为太子时，曾被封为邵州防御使，登极时，即用其年号'宝庆'命名'潜龙之地'"（《湖湘文库·宝庆府志》）。宝庆邵阳，自古已得风流。自资水上游小河滩以下，到小庙头至邵阳市筱溪一段全系石滩，河身窄狭，宽三十至八十米，两岸山高七百余米，有"小三峡"之称，其间有风景绝胜处崛嵝门，但凡上下船只，都只能下得船来，徒步而行。古时有多少船只，沉没于滩中。现在，在崛嵝门处建起了筱溪水力发电站。险处不再险，只是那崛嵝门雄关的风姿，只能在游人的想象中了。资水顺江而下，不出五十里水面，就进入冷水江水域，资水吸收着麻溪河和球溪河这两条流量很大的支流，连水带沙冲积着两岸，回旋成一个很大的水湾，这里，就是有名的沙塘湾码头。往下百里水域，两岸风景绝胜。有历经千年沧桑的大乘佛教文化，就在大乘山上，建于一千五百年前的望云寺，现在只残存半截山门和一段石阶。昔日旺盛的香火在今天木鱼声中已渐行渐远。往下游走，河面渐开，视水如镜，原来在资水的中游，又建起了浪石滩水电站。倘若在此停船驻足，有桥倒映水中，更有公园、高楼在水底行走，一幅山水名城的画卷尽收眼底。

在资水上的一个个码头，打造出了一个个小商城。因为它的繁荣曾经依赖于那奔流的河流，当高速公路、铁路取代了水运，当一列列的火车可以拖来一个个城市，当一条条高速公路可以迎来一座座商城，一个个曾经繁华无比的码头也不得不接受自己被冷落的现实。

晚清时期，在资水上游的邵阳一带，就曾将造成的毛板船放空到沙塘湾，待到春汛之际，资水涨潮，将沙塘湾地区的煤、沙罐、土纸、矿石、茶叶等特产放排到益阳、武汉。流传在资水两岸的《资水滩歌》就有"沙塘湾里沙罐好，宝庆汉口把名扬""猫儿扑地老鼠石，炉埠果然好煤炭"的词句。那时每当黄昏薄暮，落日沉入大地，天上暮云被落日余晖烘烤，大帮的毛板船从上而下，摇船人泊船近岸，在充满了薄雾的河面，浮荡在黄昏景色中的摇橹声中的，正是一种壮丽稀有充满欢欣热情的歌声。等到把堆积在码头边的煤炭一担一担地担到船上，将那些放空下来的毛板船又码得像一座一座的小山。那些早已在岸边喝醉了酒，吃油了嘴，铆足了劲的水手和船工，便唱着资水那特有的船歌和号子起程。后来，船歌和号子演绎成了长达七百二十余行五千余字的《资水滩歌》。

资水，是我的母亲河。它滋润着两岸的人民。然而，资水又是桀骜不驯的，资水浩浩汤汤，不舍昼夜，滩多湾多支流多，使得资水既有充沛的水量可以行船，又因为滩多湾多而极不利于行船。从资水过冷水江和新化两境来看，就有麻溪、球溪、珠溪、柳溪、涟溪、化溪、柘溪、白溪、烟溪、青溪、槎溪、赵溪、苏溪、平溪、洋溪、云溪等数十条溪流"注于资水"（见《湖湘文库·宝庆府志·山川记》）。溪水流经之地，必是水流湍急之处，使得行船多迂回于岩礁间。资水干流有滩险七十二处之多，而在冷水江、新化两县境，就有多达五十三处险滩，尤以铜柱滩、泥滩、灵滩、洛滩最险。资水滩多险峻，有民间流传的《资水滩歌》为证。《资水滩歌》分《序歌》《下滩歌》《上滩歌》三部分。《序歌》六行，《下滩歌》四百一十八行，《上滩歌》二百九十八行，共五千余字。堪称史诗。

《资水滩歌》是资水沿岸特有的一种唱词。据笔者求证，《资水滩歌》应当起源于十九世纪末期，成熟于二十世纪初期，鼎盛于二十世纪三四十年代。那时，也是资水两岸毛板船极盛之时，光是沙塘湾码头的毛板船就达到了一百多只，船工、水手有一千多人（见《沙塘湾志》）。从《资水滩歌》中的唱词来考证，里面有"石门塘里抬头看，陶澍果然好屋场"的唱词。可以肯定，必先有陶澍屋场，尔后才有这句唱词。陶澍（1778—1839），湖南安化人，清两江总督，老家即在安化资水边的小庵村。另《宝庆府志》的总编纂邓显鹤（1777—1851），湖南新化人，老家也在新化资水边的梓木冲村。倘若那时已经有了《资水滩歌》，想来邓显鹤老先生必会将其收录于《宝庆府志》中。笔者查阅了《宝庆府志》的《山川记》《艺文略》《疆里记》等，都没有收录有关《资水滩歌》的唱词。又《宝庆府志》成书于道光二十九年，即1849年。当时若《资水滩歌》已经流唱，邓显鹤必会在《宝庆府志》中有文字记载。那时，从资水上游邵阳、武冈、新宁等地放空下来的毛板船，在沙塘湾、老鼠巷（今冷水江）、新化等码头装满了煤炭、土纸等特产，一船挨着一船，那是何等的风光和盛大，而在毛板船上的船工和水手们，也必是要高歌几句

的。《资水滩歌》也必是那些船工和水手们你一句我一句地唱将起来的。

在资水上行驶的毛板船，极盛时每年有两千艘以上。每当资江发大水时，毛板船便如雨后春笋，一夜之间冒了出来，蔽江而下，船工唱响的《资水滩歌》在河面上飘散，"千人拱手开毛板，万盏明灯天子山"，放毛板船时，船工都要喊号子："呜……嗬嗬，嗨……嗬！""毛山毛树锯毛板，毛钉毛货毛板船，河水一发人上劲，四根桡橹闯江天""……嗨……嗬……嗨！"歌声粗犷激越，久久在河道上回荡。

《资水滩歌》作为民歌的一种，就是在资水江面上放排的排帮和船工、水手们集体创作和歌唱的，资水沿岸的人们称为"唱号子"。《资水滩歌》分为三部分即三大节，一节是《序歌》，一节是从资水上游邵阳境内出发放排毛板船至下游益阳境内歌唱的《下滩歌》，一节是自下游放排归来从益阳境内的资水往上游新化、邵阳歌唱的《上滩歌》。上、下节滩歌的歌词内容多有不同。歌者多为船上的船工和水手，偶尔也有岸上的人会唱，那多是有亲人是在资水上放排的船工和水手，或者是那些造船的师傅们。上、下滩歌曲调大体相同，歌词大都是船工和水手们的即兴之作，里面很多的歌词也是难以厘清来龙去脉的。唱词均以一种发力时"……嗬嗬，嗨"的呼号之声起头，以下的内容和曲调就不确定了，依当时的环境和水手的心情而定。有固定的传统诗文格式，加入了资水两岸的风物人情。到了什么地方，就把当地的风土人情、地理史料编入歌中。有随口编就的即兴新词，有村言俚语，亦荤亦素，平实易懂，朗朗上口。歌时多为一人领唱，众人应和，分节反复，每节最后又以"……嗨……嗬……嗨！"呼号之声为结。唱者还会根据放排时江面上的风险与人数，进行对唱和轮唱，但远非一般民歌的对答，而是彼此间的起承转合，唱完一个完整的段落，再循环往复。在我所听过和欣赏过的民歌当中，其实《资水滩歌》的号子是比较简单的，从它的声调上可以推断，它应该是从湘中的那种迷信时"喊魂"的腔调中直接演绎发展来的。因为多是船工水手之作，村言俚语居多，也没有多少艺术性可言，也正因为如此，才唱出了七百余行，五千余字，一听就会歌唱，一唱就能记住的滩歌。

从《资水滩歌》的序歌："天下山河不平凡，千里资江几多滩。水过滩头声声急，船到江心步步难。谁知船工苦与乐。资水滩歌唱不完！"（几个《资水滩歌》的版本中，六句序言倒是相同的）。我们就可以感觉到资水多滩，资水之险，船工之艰。在《资水滩歌》的唱词中，开篇就是资水多滩。"资江长达千多里，河有七十二道滩。"在整篇的唱词中，迷信和宿命的色彩是极其浓厚的。"每人半斤酒与肉，敬了神佛吃一餐""魏公庙里把神敬，王庄对门犀牛山"。在资水上行船放排，虽然是一个暴利行业，但确是极具生命危险的行业。有一句话说："挖煤的是埋了没死的人，弄船的是死了没埋的人。"所以，在资水上造船、行船、放排，必先祭祀神仙、祖先，必请神汉、巫婆跳大神，以保佑行船顺利，化险为夷。但是，由于资水滩多险急，许多的船只是葬身水底，人财两空的。在《资水滩歌》中就有"船打滩心人不悔，艄公葬水不怨天""灵滩洛滩不种田，一年四季靠翻船""大柳杨来小柳杨，十个舵公九个亡"。但是，在《资水滩歌》中，更多的是唱和着资水两岸的风土人情。到了什么地方，就把当地的风土人情、地理史料编入歌中，随口编就，村言俚语，亦荤亦素。例如，"宝庆开船下汉口，象鼻滩来头一滩""麻溪哪见担麻卖，沙罐出在沙塘湾""沙塘湾里沙罐好，宝庆汉口把名扬""学堂岩上鸡鸭落，起桨直划冷水江。石头藏玉是锡矿，五湖四海把名扬""油溪街上龙脉好，翰林就是伍香珊""石门塘里抬头看，陶澍果然好屋场"。当然，在《资水滩歌》中，也有一种朴素的浪漫主义情怀，如"千人拱手开毛板。万盏明灯天子山""下山有个琅头印，人人都想做帝王"。但更多的是用纪实的唱词，描述资水的滩多险急，反映了在资水上的船工和水手行船资水的艰难，以及资水的历史和风土人情。便如"竹子山头把排放，艄公想起上和滩""栗滩走船如跑马，看见前面小南山""鸳鸯滩上排云雾，忽然雷公打鸡蛋""老屋场里船难扯，望见下面是丹滩""起眼抬头打一望，下面就是鹅羊滩""枞树滩下是苏溪，杨梅滩上田崽湾""龙溪无有龙现爪，粟柴溪里青树滩""苏溪街上抬头看，提转舵来放瓦滩""七里滩下塘湾地，裟衣拱下天河滩""千头象牯滩头放，马屎口里马披鞍"。而在《资水滩歌》中的众多滩名与地名，都与现在资水沿岸的地名是相符的。例如在资水上游的大和滩、小和滩、栗滩、小溪、石滩，中游的麻溪、沙塘湾、马斯口、旋塘湾、化溪、杨家咀、上渡港、塔山湾、黄泥铺、杨家坊，下游的洛滩、裟衣石、童子山、麻竹山、邹塘湾、羊节港、何家湾、宝塔洲、鹦鹉洲等地名。现在，它们都成了村镇或集镇，但还保留着"滩""湾""溪""洲"等名字。

"一路时兴枕边讲，梦里滩歌长又长。"1958年，在安化县境的资水中游

动工修建柘溪水电站,1962年,大坝建成,资江航运阻隔,资江水运走向衰落,公路、铁路运输日益兴起,资江毛板船时代随之结束。当年熙熙攘攘、红男绿女摩肩接踵的码头情景已经不再,而那资水江面特有的毛板船也失去了它赖以存在的根本。特别是近几年,又先后在资水的上游、中游和下游,建起了无数的小水电站,连资水基本的航道都已不复存在。"解下搭背算完账,卷起铺盖回家乡。碎银买点小礼物,一家大小喜洋洋。"只有记录毛板船商故事的长篇湘商史诗《资水滩歌》流传了下来。

《资水滩歌》作为一种"草根文化",在几十年以前达到了光辉顶点。而从昔时的邵阳琅溪到冷水江的沙塘湾,从新化的城北老码头到益阳的桃花巷码头,一路顺资水而下,入洞庭湖,哪怕是到了武汉汉口的宝庆码头,也是一路唱和着《资水滩歌》的。那种唱词,那种曲调,也是随着山川险峻和船工、水手的心情而定的,会时而高亢,时而低沉,却是少了抑扬顿挫。千里资水滩歌不断,《资水滩歌》覆盖的地域是在资水的两岸,在两岸辐射延伸仅六七里的范围,我小时候在家乡常听到生产队里的男女在歇工的时候唱起号子,离岸十里以外的范围,就没有这样的号子了。到了现在,在资水两岸离江三五里的范围,会唱《资水滩歌》的人也还是有的,不过,多是上了年纪的老人了。我的九旬的奶奶,没事的时候就会来几句"号子"。

现在会唱《资水滩歌》的人很少了,偶尔也会听到我的乡人的几句唱词,但能完整地唱出《资水滩歌》来的人恐怕是没有了,已经濒临失传了。倘若我们现在还不去做专门的调查和抢救,再过几十年,怕就真的来不及了。现在,我们都在打旅游牌,挖掘历史留给我们的遗产。而《资水滩歌》极具浓郁的湘中新化特色,较全面地反映了资水流域的风土人情,尤其是真实地记录了资水中特有船舶毛板船、船工苦乐以及毛板船对当时资水流域经济发展的贡献,具有十分重要的历史文化价值。现在,我们正在努力找寻和恢复具有地方文化传统和文化价值的东西。《资水滩歌》作为我们的"非物质文化遗产",我们是可以搜集、整理的,甚至可以以《资水滩歌》为龙头,将搜集整理的新化山歌(民歌)和大梅山的傩文化结合起来,申报我省的"非物质文化遗产",要让它切切实实地发挥它的文化价值。

# 老　屋

老房子似乎很陈旧了,是那种用青石做基、用木板做墙的木石结构房子,丝毫没有那种秦砖汉瓦或是青砖青瓦的古朴风韵。老房子极矮,给人一种了无生气的感觉,房顶覆盖的也多是杉树皮,上面星星点点地生长着一些不知名的小花小草之类的,到了冬天也就灭了,即使有几片瓦,也多是乡间极普通的那种绿瓦。老房子已经有一百多年的历史,历经风雨剥蚀依旧没有倒塌,这不能不说是一个奇迹。

我爷爷是与这老屋一起老的,直到死去。

我父亲也是从这老屋走出来的,而今已近花甲之年。

我学生时期,每年暑假,便极喜欢到老屋来玩,丝毫也不顾及父母的告诫乃至斯时爷爷的劝阻。芳草蔓延着整个院子,无论是厅堂抑或是一间间很小很小的卧室、客厅,夏天倒是生机勃发的,但到了冬天却也萧条极了。厅前的楹联早已褪色剥落,孤零零地挂在墙上,蛛丝无情地缠绕着每一个角落,结成了大团的绒花,用火一烧"哗"的一声燃成了灰烬,于是熄灭、跌落,再无人问津,没有人在乎蜘蛛是否从此无家可归。

夕阳西斜时,看着老屋也是一种享受,在一束束金色的霞光中,映着几许斑驳的影子,照在老屋门前的那一口方塘上,波光潋滟。大人们吃完晚饭,一个个打着赤膊,摇着各种自制蒲扇也来到老屋前的坪里歇凉,听着饶舌婆娘的东家长、西家短;那嫁过来的媳妇或待嫁的闺女们矜持地斜倚着门槛,有一句没一句地搭讪着;而一大群年轻的后生们,也是燃几把黄麻叶薰着蚊子,铺一张席子或化肥袋子,脱掉鞋子垫在屁股下面坐着,气势汹汹地玩起"斗地主"或"炒地皮";也有人找一个清静点儿的地方,摆一盘棋局,走马

出车，声嘶力竭；更有已为人母的女人，撩起宽大的衣襟，给嗷嗷待哺的婴儿喂奶，丝毫也不羞涩，更多的却是一种自豪与炫耀；有黑不溜秋的瘦猴似的儿童也毫不顾忌地走东窜西，不时招来大人们的骂声；不知谁家的小狗也大摇大摆地摇着尾巴在人群中穿梭……

老屋现在没人居住了，给人一种凄凉的感觉。今年回家与父亲谈起老屋的事时，父亲也说，老屋是该修葺一下了，便喊来了我的叔叔伯伯们，他们也都说，老屋是该整修一下了，我们可都是从老屋走出来的啊。然而他们也都几近老年，谁还有心力来整修这栋老屋呢？最后说归说，老屋依然是老屋。我的那些堂哥堂弟们也都在外面闯世界，更是极少回家，也不知对老屋还怀有几许感情，我曾在电话中与省城的一位堂哥言及老屋，忆及年少时在老屋嬉戏玩耍的日子，虽然也极有感情，最后却也说：老屋就让它老去吧！

现在老屋依旧很孤独地立在那里，环绕着它的是一栋栋更高、更新的房子。倘若是阳光灿烂的日子，老屋似乎也是很精神地一任阳光的抚摸，聒噪的知了，如雷的蛙鸣也给了老屋一种生机。

我要回到我现在居住的小城，回头看着老屋，夕阳已是血红卧野，望着泛着油油绿意的庄稼，感叹着日暮乡关，一年又一年，夕阳的余晖映衬着老屋似一个厚厚的黄土包，终归是要回归大自然，也许堂哥的话是对的，老屋就让它老去吧。

# 木板屋的昼与夜

乡下老家以前到处都是木板屋，一栋挨着一栋，而今成了稀有和新奇的事物。

奶奶的木板屋一直在，木板屋并不是奶奶建的，奶奶嫁给我爷爷时，就住了进来，那时少说也有七八十年历史。只是奶奶在木板屋里住的时间特别长，有六十多年，很多的木板屋倾毁、倒塌，邻居都搬走了，最后只剩下奶奶一个人在木板屋里住着，乡亲便也说，这里就是奶奶的木板屋。

奶奶住进来的时候，木板屋是很高大和气派的，有两扇朱红大门，朝南，高大、厚实、沉重。大门口是一个扇形的高高的月台，月台半径有十米，高七八米，周边是凿打的条形石块砌成的堡坎，要通过十五级石板砌成的阶梯才能走上月台，每一级台阶的石板上都雕刻有蝙蝠、马、稻穗、梅花等图案。进门是过道，在过道口有高大的石拱门，石拱门的两侧各有两间木房子，左侧的是粮仓，右侧的是杂屋，堆放着犁耙、风车、箩筐等农用器具。过道大概长二十米，宽二米，都是用完整的石块做路基。正前方是高高的院墙，将风景挡在了院外。进入院墙是九级用整块石头砌成的台阶，每一级台阶的石板上依然雕刻着蝙蝠、马、稻穗、梅花等图案。在石阶的两侧，有两块长条形石块做护栏坡石，嵌得紧紧的，如果不仔细看，还以为是一块完整的长条石。两边的护栏坡石上都雕有龙的图案，小时候，我们常常不走台阶，喜欢走在护栏石上或者直接从护栏石上滑下来，老人担心我们摔下去，会大声地呵斥，说好好的台阶不走，偏偏要冒险。院墙的正中央分别是前院和后院的两栋木板屋，自北向南依次排开。前后院的中间，是一个宽三米、长五米、深半米的用方正的石头砌成的天井。两侧又各有一个长方形的天井，有四米

宽、十米长、一米深，四边和底座都是用条形石块镶嵌的。记得小时候，夏天我们会在两侧的天井里游泳，打水仗。过了两侧的天井，两边又是一栋高大的木板屋。

我七八岁的时候，已经很记事了。奶奶家在后院左侧两排木板屋里，田字格的四间小木屋。房子不高，但宽广舒展；房子中间的庭院宽阔，空间较大；站在天井中，抬头可见广阔的天空，并不时有麻雀、燕群飞过。对面一家是我爷爷的堂弟，也是我的堂爷爷，堂爷爷有个孩子，那时正在读高中。

前院左侧的木板屋住了一大家子人，有一对老夫妻和老人的小女儿及女婿一家。小女儿嫁的男人是城里下乡到这里的知青。本来夫妻俩是有机会返城的，可是，知青在城里没有房子，正好女方家有几间木房子，孩子又在镇上读小学，便和岳父母一家住在一起了。老夫妻的小女婿长得周正，话不多，但总是和颜悦色。他很会做饭，常在大门外左侧的走廊里炒菜，香气四溢，老人一家和他的小女儿很有福分。

二十世纪九十年代中期，知青夫妇的两个孩子都大学毕业了，一个在北京，一个在省城。这时，在大屋居住的人越来越少，很多都在屋的附近建起了漂亮的小洋房。可是，他们却依旧喜欢乡下的日子，喜欢居住在木板屋里，会在屋子的前后左右种各式各样的花。春天到来，院子里百花竞放、姹紫嫣红，打开前窗后窗，花香四溢，可充分享受春天的灿然；到了秋天的时候，开得黄灿灿的大朵大朵的菊花，很是耀眼，待到行将枯萎的时候，他们就会剪下来，在秋阳里晒干，做成菊花茶，送给住在这里的人家；冬天，雪花纷飞，一片片仿佛天使般纯洁浪漫，它们落在院子的树上、房上、地上，还有用来过冬的煤球和萝卜、白菜堆上。这时，每家每户会用报纸将木门、木窗的缝隙封好，将风雪关在门外，在房间里生起炉火，炉里就有红光散发，暖气很快让房间充满春意。从准备过冬的煤球，到安装乡下用来烤火的八角炉和长长的烟管，大家相互帮衬，一起生火，一起围着火炉烤火。炉火在熊熊燃烧，它将一大壶冰冷的水烧得吱吱作响，热气从壶嘴中升腾而起，像唱着快乐的歌，也是幸福的画面。

奶奶经常和我说，木板屋前后两院和两侧的宅院，有五个天井，有大小四十余间房子，是我爷爷上溯四代的先祖，嘉庆二十年的进士回乡后而建。**最多的时候曾住过三百多人，1970 年，湘黔铁路大会战的开工典礼就是在奶奶木板屋前的月台上举行的，指挥部就设在奶奶的木板屋里，和奶奶是邻居，整个木板屋的一楼、二楼都住满了修铁路的工人。湘黔铁路冷水江新化段竣工通车，当时的省委书记沿线视察，还在奶奶的木板屋里开了座谈会。奶奶每次和我说起时，都神采飞扬，我看到她那抑制不住的喜色，半个世纪过去了，参加湘黔铁路会战的点滴往事仿佛就在奶奶的眼前。

只是我奶奶一家，却一直都居住、生活在木板屋里。从我爷爷、我父亲到我，甚至到我的孩子，都曾在木板屋里生活、学习、玩耍。

奶奶的木板屋是两弄四间，宽大的庭院里砌了一个烧煤的灶台，旁边有一个黄土建成的柴火灶，用来烧饭菜和烤火取暖，灶台上方横着三根杂木，用来悬挂准备过年的腊肉、腊鱼、腊鸡，平时也挂一些干辣椒、干红薯粉之类的。只是那三根杂木和上方的屋梁、椽皮被烟熏成漆黑一片。从庭院进门就是堂屋，南北各一窗，堂屋进去的里边房间有一个板式楼梯，楼梯只能容一人上下，斜斜地靠在外边的木墙上。上二楼，左侧墙上开有一个木窗子用来通风、采光，楼上有三间木板屋，每间木板屋里有一个木床，还有几条木凳子。踩在楼板上，会发出咚咚咚的声响，每天早上不用人喊，便早早醒来。

住在木板屋里的人，一辈子都是和土地打交道，只要不是落雨落雪，爷爷和奶奶每天都在土里刨食，弯腰驼背，行进在田间地头，山林湖泽。奶奶经常和我说，吃饭的粮食是从田里来的，蔬菜是从地里来的，用来烧饭菜的柴火是从山林里捡来的。有时，一家子想打个牙祭，爷爷就会去小溪边围一个水窝子，弄一些小鱼小虾；秋冬时节，折一根杂木枝，弯一个弹弓，瞄准树上的鸟儿；有时还在野兔子、野山鸡出没的地方放几个铁夹子或铁套子，弄点野味回来。然后焖一壶米烧酒，爷爷就会招呼住在木板屋的几个年龄相当、酒量相当、话语也谈得来的邻居，一起吃喝，美其名曰改善伙食。

奶奶常常和我说，那时爷爷就像一匹快乐的马，不知疲倦地奔跑在山林湖泽中，农闲时出门做点副业，帮稍稍富起来的乡邻建房子，担红砖提灰桶。爷爷是有工就做，有钱就赚，不时地露出半斤米烧酒落肚后醉意的憨笑。记得有一年冬天，爷爷被邻居一吆喝，三个人租了三轮车，跑到洞庭湖边的益阳买了几百斤鱼回家。他们去的时候，天气又冷又湿，想着也能卖个好价钱。可是，天公偏偏很作美，等买了鱼，开着三轮车回来，天气是好得不得了，气温回升，阳光灿烂。可想而知，运回来的鱼死了、臭了。许是臭鱼不臭味，

奶奶将分给爷爷的那份臭鱼剖了,将鱼肚子里的内脏扔了,腌上盐烘干,倒也是很好的下饭菜,然后送一些给左邻右舍,虽没浪费,但家里却没什么钱过年了。

奶奶的木板屋时刻都充满温暖和美好。大家做了好吃的,相互赠送,小孩子都是喜欢吃的,当然也是因为那份难得的缘分。有时,遇到急事,大家都会主动帮忙照顾孩子,帮着代管孩子。晚饭后,孩子们一起玩耍,大人就坐在院子里拿着蒲扇乘凉,还会把晒干的黄荆叶条箍成细细的火把,点燃,就可以把蚊子熏走,那味道也极好闻。大家会东家长西家短地聊聊家常,说了就说了,没几个人会去计较,没任何生分,仿佛是一家人。记得我刚读初中时,奶奶的远房侄子也住到了这里,他们一家是人口最多的,两个妹妹没出嫁,自己的三个孩子正在上学,但是他们纯朴善良,大家对他们的评价都很好。他的妻子是商店售货员,每天站柜台很辛苦,回来总是和自家的男人说腿累得受不了。可是每次下班,照例会帮大家带些针头线脑或是面条、鸡蛋之类的回来,但她从无怨言。一个普通人乐于助人的品德,这让我心存感念。还有一位女邻居,住在前院右侧过天井的木板屋里,娘家和我母亲是一个地方的,有一副古道热肠,与我家来往最多。邻居的老公人高马大,在镇里的一家企业打工,却十分重视孩子的学习,对知识分子充满敬意。知道我父亲是老师,他总会跟着我父亲问这问那,像极了一个小学生,态度谦和而诚恳。七八年前,他问到了我的电话,联系上了我,二十多年不见了,我们的谈话却仍然亲切自然。我在电话里称呼他为叔叔,他也一如既往地称我为小侄,当得知我的父亲已经去世,我的百岁奶奶还住在木板屋时,第二天,他就特意去探望了我的奶奶和我的母亲。现在叔叔也是快七十岁的老人,我说,我们还会经常走动的。曾在一个院里的友情还可以这样继续,想来也是值得高兴和欣慰的。

跟父母住在木板屋,那时的我还年少,也喜欢锻炼。每天早晨,我会顺着屋下的湘黔铁路跑步,有时还跑到站台去。快回家时,我就放慢脚步在屋子周边转悠,欣赏景致,有木板屋,有很多崭新的红砖房,还有别墅,它们都是从奶奶的木板屋向四周散发出去,如清晨的霞光万道金碧辉煌。我还看到早起的老人精神矍铄,慢悠悠地散步,清爽的风与湛蓝湛蓝的天让人心旷神怡,树上的鸟儿不时发出清脆的鸣叫声。

我儿子和侄女的童年也是在木板屋里度过的。他们还在幼年的时候，因为我们都在城里上班，他们还没到上幼儿园的年龄，所以大部分的时间是跟在我父母的身后。他们的欢笑、歌声、哭闹甚至顽皮的表情，都留在这里。他们从小长得可爱，喜欢看书、画画和唱歌。常常一大早自己搬个小板凳，两兄妹坐在门口的瓜田架下翻看小人书、听录音机里的故事，老爷爷和老奶奶逗他们背诵古诗词，老人们都会发出赞叹之声。

　　木板屋旁有两棵上了年岁的大树，一棵是椿树，还有一棵，母亲说是喜树，都是落叶的。大树仿佛士兵，日夜守护我们的平安，但我们却很少琢磨也不理解它的心情。秋天来了，树叶飘落一地，跟着风不停地旋转，有一种无家可归的感觉。我回到老家，看到落叶，有时会莫名地生气，会清扫落叶，我是不是很自私？大雪过后，寒风刺骨，就连鸟儿也不会在树枝上停留，我们都将自己藏在家里，它赤裸的身躯仍不屈地伸向天空。夜深人静，我们坐在温暖而又舒服的家中，却能听到大树枯枝在寒风中发出让人难眠的啸叫。

　　奶奶的木板屋，历经近百年的沧桑与风雨，墙壁伤痕斑驳，但整体看上去仍然气宇轩昂、威风不减。镶嵌在大楼表层的浮雕仍然依稀可见，动物、植物等图案栩栩如生。只是往里走，已经人去楼空，但昏暗的房间、斑驳的墙壁、脱落的墙皮、如织的蛛网、凌乱不堪的杂物、空气中夹杂的霉味，仍然能让人穿越时空感受到历史的烟尘和昔日的繁华。托起了几代人的幸福美好人生，也留下了美好的记忆。如今，住过木板屋的人早已各奔东西，像鸟儿一样飞散，而那个美好的院落却在一天一天地颓败。每次，我和弟弟回老家，都打算将木板屋拆除，只留下无尽的回忆，给后人追梦。

# 老家的鸟巢

这几年,我居住的小城生态环境比过去好了许多。各种鸟儿搭建的鸟巢也日渐多了起来。

"看。这棵大树上有个鸟窝。"等红绿灯的间隙,眼尖的孩子在车上欢呼着。我循着孩子手指的方向看去,原来在一株高大的香樟树的树杈中,有几只小鸟正欢天喜地地在鸟巢中喳喳地鸣叫着。我还看到一只鸟儿以它特有的飞行姿态,在低空掠过一道忽高忽低的曲线,向不远处的另一棵大树飞去。

这又有什么新鲜的呢?在乡下田垄边、溪沟旁,在黄荆树、火棘树丛里,就能听到啾啾的声音,拨开低矮的丛林,就有鸟窝,还有嗷嗷待哺的鸟儿。在老家的桂花树上、红豆树上、松树上,也有很多的鸟巢。老家门前的那株高大的桂花树上,竟然有两个鸟巢。老家厅屋的横梁下,也有几个燕雀的窝巢,它们比邻而居,和谐共生。每天我都能听到小鸟欢快的喳喳声,偶尔有暇,将视线投向窗外,还能与它们欢乐的身影撞个正着。

鸟儿喜欢在树上筑巢,它们会选择能够抗风挡雨的树枝,特别是枝繁叶茂、四季常绿的树杈间筑巢,保护和隐蔽着自己,不会轻易被人发现。鸟儿恐怕也是喜欢树的形态和气息,银杏树直往上长,枝杈间似乎形不成筑巢的合理角度,所以,老家的几棵银杏树上倒是没有看到鸟巢。有时,我在猜想,可能有些树的气息也是不讨鸟儿喜欢,比如我家附近的那棵高大的苦楝树,倒是真的没有看到鸟巢。是不是因为苦楝树散发的苦涩气味也是鸟儿不喜欢的呢?我不得而知。

我曾想鸟儿可真是建筑高手。它们是怎样找到一个合理的适合做巢的角度的呢?又是怎样把第一根用来筑巢的枯枝或者小钢丝固定在树杈上的呢?

我想，鸟儿一定是观察了，一定是经过了深思熟虑了，也许，鸟儿夫妻还经过了激烈的争吵才商量好，达成了一致的看法。一定是用一根小钢丝或者尼龙绳缠绕固定着，形成一个稳定的三脚架。因为我儿时曾爬行到树上，看到燕子、麻雀的小嘴会衔着一根根的枯草，小脚爪上会缠着牵引着一根长长的细细的尼龙绳去树枝上结巢。

在我居住的小城，有高大挺拔的香樟树，有根深茎壮的玉兰树，有枝繁叶茂的桂花树，这些，都是鸟儿筑巢的福地。在乡村、在街道，甚至在厂房，都能看到搭建在高高树冠上的鸟巢。我逐渐发现，喜鹊的巢是最大的，它们选择在香樟树、玉兰树上筑巢，会筑在纵横交织的树枝丫，鹊巢硕大结实，仿佛小小柴火堆，在远处高处老远就能看见，仿佛在宣示这是它们的领地。若是到了秋冬季节，筑巢的树掉光了叶子，鹊巢就突兀地立在高高的树干中央。那种筑巢的毅力和勤勉，是其他鸟类比不了的，我常常会望着它那乌黑的小眼睛，听着它欢快的鸣叫，琢磨着它那灵巧的小脑袋里不知道装着多少我们还不知晓的秘密。

麻雀的巢有点随意。现在，在我的老家，数量最多的鸟儿就是麻雀，这也许和麻雀的适应性强有关。记得小时候，麻雀在老家茅屋的茅草堆里或牛栏猪栏的草垛里掏窝筑巢。如今，茅草屋没有了，变成了楼房和瓦屋。它们会成群结队，躲在四季避风避雨的桂花树、松柏树里筑巢。它们在桂花树、松柏树那密密匝匝的树枝间绿叶间，用几根小棍子搭起巢，用枯草茎围成一个碗大的圆形。麻雀筑巢的效率是最高的，三五天就能筑起一个巢。只要它们的蛋掉不下来，麻雀就在这样简陋的窝里孵化小麻雀。最有意思的是，等孵化的小麻雀长大了，它们并不会再回到原来的鸟巢中歇宿，而是弃之不用，有眼尖的正待生蛋的鸟儿发现了，就成了现成的安乐窝。现在，这些寄居在屋檐下的麻雀，被我们亲切地称为家雀。

画眉的巢是最讲究的，这也许与画眉的生活习性有关。画眉会将鸟巢细密地捆扎在不易被发现的树杈上。它们会选择有韧劲的草叶，一圈圈地缠裹住树枝，等树叶落尽了，你才能看到它们的巢穴，像一个编制精美的篮子，悬在树杈里。

当然，最可爱也最有人情味的，应该是燕子衔泥筑巢。燕子在走廊屋檐下、厅屋横梁旁筑巢，它们并不是用枯草或尼龙绳来搭建起一个三脚架，而

是用嘴巴从田地里啣起湿润的泥土，一点一点地左一圈右一圈地环绕垒筑，窝巢达十层之多。在层与层之间也会偶尔穿织着一根尼龙绳或者干茅草，起着黏合、固定和牵引的作用。我小时候就为燕子筑巢的智慧所折服。

每次回家，我的目光总是不由自主地寻找那些鸟巢，每一次都有新的发现。鸟儿不会在枯死的树上筑巢，甚至不会在那些冬季落叶的树上筑巢。我就看到在一棵枯死的树上，有一个仅筑了一半便被废弃的鸟巢。我还无意间看到一只喜鹊，正在路边的草丛中认真找寻，它啄开一堆枯草，仔细地一根一根梳理了一遍，从中择出了一根有用的枯枝，又找寻到几根细长的枯草叶，腾空飞向远处的一棵桂花树。我看见那里有一个新巢正在筑起。

我看到了一个新筑起的鸟巢，就在老家厅屋的横梁下，在原来的一个硕大的燕巢旁边，竟然又筑起了两个小燕巢，形成了一个立体的鸟巢。母亲说，中间那个很大的鸟巢恐怕有十多年了，燕子每年都会回来，每年都会生一窝蛋，孵化出一群小燕子。我想，那大巢旁边的小巢，一定是燕子的子子孙孙。我抬头，看到一只小燕子很惬意地从巢中钻出，快速地从打开的窗户间飞出，落在树下的草地上踱步。

不时有鸟儿从树梢上飞出，又有鸟儿沉落其中，几种叫不出名字的小鸟，从空中掠过，有一种背上有一抹鲜艳的红色，瞬间就消失了。偶尔能听到幼鸟混乱一团的叫声，可以猜想到食物的争夺颇为激烈。无法想象，在这密集的树梢之中，有多少双鸟儿在自由地繁衍后代。

我听到了鸟巢里幼鸟的叫声，我看到了翱翔在天空中的小鸟。我的感情与花草树木鸟叫虫鸣瞬间就有了亲和的力量。这大地上的一切，才有了像人一样的快乐和悲伤。

# 迎春花

## 一

  1948年的冬天，对于矿山的孩子们来说，似乎来得太早了点。如果入冬后来一场雪，倒是很顺利成章的事。可这才十月初的光景，便落下了一场不大不小的雪，雪下了整整一天一夜，直到又是一阵狂风，才让雪消停了。

  雪是残雪，没有被人踩踏过的雪还有小半尺厚，雪粒子不时被阵阵寒风从那些茅草盖着的厂房上吹下来，一直吹到人们的后脖颈子里去。高大的老樟树在风中呀呀作响，那些缠绕在树干上的电线也发出呜呜的啸声，听上去有如一个老妇人在哭诉。而离它们不远处的那几个没有冒烟的烟囱，倒显得很是悠然自得，丝毫没有感觉到天气的遽冷，也好像忘记了前几天的时候，就在那几个烟囱的下面，发生了一场枪战，几十个矿工与矿老板组织的护工大队发生了火拼。当时，双方各有死伤，据说，死了四个矿工，一个护工大队的队员也被矿工们打死了。

  这是陶塘街十三号院一个平常得不能再平常的早晨，田晓荷正在给丈夫高梓慕收拾公文包，高梓慕也在擦拭着薄薄的眼镜片，然后，把镶有金边的眼镜戴上去，又把头发往后梳了梳，头上露出了一道亮丽的中线。跟自己的女人道了别，便夹着公文包往大街上走去。高梓慕仍旧像以前那样打扮得很精练地去公司上班。刚走到大街上，就碰到了邻居周老太太。她正提着一个小尿壶出来倒尿，看到了高先生，她觉得很有些难为情，忙一闪身，将尿壶放到了一个旮旯里，用手理了一下头发，嘴上忙不迭地说着"高先生早，高先生去上班啊"之类的话。高先生也像是受了周老太太的感染，他的回答也

是慌乱的，他应答着，问"您老早啊，小孙子起来了吗"之类的话。这时，正好过来了一辆人力黄包车停在了高先生的跟前，高先生上了车，车夫等高先生坐好了，便用一条早已准备好的补丁毛毯盖住了高先生的膝盖，很快地往高先生上班的地方驶去，车轮在雪地上错落有致地轧出了三道沟痕，车夫的脚印早淹没在车轮里了。

周老太太进屋后把尿壶放到了床底下，看了看正在睡觉的孙子方正英，又透过门缝看到隔壁房间的杨太太一家还在睡觉。自己吵吵嚷嚷地说，怎么还不起床，阳光都快把雪融化了啊。说罢，周老太太准备着早餐。

自从抗战结束以来，日子是一天比一天难过了，物资稀缺贵得离谱，还断断续续地从各地传来很不好的声音和消息，有的说国民党又和共产党干上了，和平谈判失败了，又要打仗了。周老太太听到这些话语，嘴上没说什么，可心里却很不满。她也是两年以前才搬回老家的，特地在矿山上安了家。先前周老太太也是住在省城的，那时，国民党搞什么"焦土抗战"，一场"文夕大火"把周老太太的家给烧了，而老人的儿子那时正在前线打日本鬼子。几年后她唯一的儿子上校团长在与日本鬼子作战中为国捐躯了。现在，山上也不安全了，枪声也偶尔在一些矿区响起。说周老太太不紧张那是假的，也不只是为了自己这条老命，关键是自己的孙子。周老太太早就与国民党的抚恤处说了，要死也要与孙子死在一起。

## 二

这一年田晓荷二十六岁，已怀有身孕。还是几年前，田晓荷在邻近的国立蓝田大学读书。那时，她的父亲在国统区从事地下革命活动，母亲是省城的大家闺秀。本来母亲劝她不要跟着学校到处跑，就跟着舅舅到省城学着打官司做律师。但田晓荷不听，跟着学校来到了蓝田。可是，开学还没几天，老师和学生又要南渡。偏偏在这时候，邂逅了来蓝田城办事的高先生。一来二去，知道了高先生现在是鳏居，妻子随国军的一位长官跑了，便跟着高先生上了矿山。田晓荷其实一开始并不满意这位戴着金丝边眼镜高大而又沉默寡言的高先生。高先生总是脸上不带表情地与她说话，说的也都是一些家长里短的事情，他上班的地方和公司的情况都不向她吐露半点。这还没什么，关键是一点都不浪漫。田晓荷曾无数次把自己的初恋想象得很浪漫，虽然是处在乱世。希望能一起在月色里数星星，希望在雪地里一起堆个雪人，可没想到自己头一次与男人单独在一起居然是如此的乏味，高先生没有给她一点点浪漫，她就嫁给了他。

当高先生带着她来到住处时，高先生说，"到家了"。目光中透着很和气的样子。田小姐也不好说什么了，"已经到了，就进去吧"，田小姐说。高先生的家就在大街上一栋两层的木板楼里，离公司也不是太远。楼里住了三户人家，一户就是周老太太家，一户是杨先生家。高先生住楼上。周老太太看到高先生带着个年轻女子回来，便停下了手中的活儿，眼睛看着高先生后面的女人，嘴里却在跟高先生打着招呼。高先生也很客气地朝她们点点头，并主动介绍说，这位是田小姐，我的妻子。又把周老太太和杨太太介绍给了田小姐，田小姐一边听着，一边微笑着与两位太太轻轻地握了下手。算是彼此打了招呼，认识了。

杨先生听到外面说话的声音，也走了出来。做了个手势请田小姐进屋坐坐，田小姐微笑着谢绝了。杨先生也没有再邀请，他刚换好衣服，正准备出门。杨太太四十来岁，人显得很胖，脸上也总是挂着笑意，见到田小姐后，突然收住了笑，转身进了厨房，伸着耳朵听着他们的动静，她能猜出来，这个女人就是高先生家的女主人。这个女人来了后，会对大家好吗？现在这个世道，到处都是乱哄哄的。杨太太这样想着。

田小姐跟着高先生上了楼梯，来到了二楼高先生的房间。两个人也没说什么话，就面对面地坐了一会儿。从大街上不时传来游行示威的声音，有打倒矿霸，还我矿山；有停止内战，共建和平；也有我们要吃饭，我们要生活。田小姐看上去并不怎么害怕，还趴到窗台上看着游行的队伍。突然，田小姐一声尖叫，高先生忙起身到了窗前，看到一个穿着制服样的人正在殴打一个矿工，而游行的队伍却没有停止，喊口号的继续喊着口号，举横幅的依然举着横幅往前走，丝毫也没影响游行的队伍。只是有几个年轻人停了下来，和矿工们一起与一些穿制服的人争执着。田小姐似乎看到了一个熟悉的身影，那不是杨先生吗？他正在指挥着游行的队伍，挥舞着拳头，喊着游行的口号，走在队伍的前面。

周老太太也已经回到了自己的屋里，孙子正待在家里看书，外面的世界

似乎与他无关,周老太太看着孙子处乱不惊的样子,也很是高兴。她不希望孙子像他的父亲一样,什么事都喜欢出头,虽然老太太也知道儿子是好的,是因为打日本鬼子死的。但不希望孙子再出什么差错了,只要平平安安就好。周老太太把头发绾成了一个结扎在脑后,脸上的皱纹虽然不似她那个年龄的老妇人那般多,却布满了沧桑之气,两鬓角的白发有些凌乱地飘着,饱经风霜的样子。她看到外面闹哄哄的,想象着儿子在战场上战死的惨状,不禁长长地叹了一口气。但也并没有在人们面前流露出很大的哀伤和悲痛的样子。

到了晚上,街上平息了很多,杨太太一早就睡了,还一直在说梦话。杨先生也一直到深夜才回来,回来的时候还跟着几个学生模样的人,又围在一张桌子边讨论着什么,似乎是要与矿上的老板谈判,欢迎什么人来。

## 三

高先生下班一般都是很准时的,今天下班回家的时候,天色已经全暗了下来,这也就才下午五点半的光景,可白天越来越短,天黑得也越来越早。高先生没有让车夫将他送到门口,而是在临近的街口就下了车。走过街上的酒家门口,高先生犹豫了一下,却被掌柜的看见了,掌柜的忙把门打开,跟高先生打着招呼,硬是把高先生拉进了店,高先生也笑了笑。他也在犹豫着是不是要买个酱猪肘子回家给妻子补补身子骨儿。掌柜的看出了他的心思,说:"高先生,话说解放军共产党就要来了,您还不买点肉吃,您没听说吗?共产党可是要共产的啊,到时,如果有肉吃就大家吃,要没有吃就谁也不准吃。"

高先生毕竟没能经得起掌柜的那嘴巴以及那酱猪肘子的诱惑,还是买了一个回家。在路上,又碰到了杨太太,看到高先生拿着好东西,就随口问高太太什么时候生产。"还要两个多月吧。"高先生笑了笑,走了过去。

每当有人问到高梓慕的太太何时生产时,他的心就会被提到嗓子眼儿,但瞬间,又会生出无比的喜悦,那肚子里的孩子不管怎么说是要来到这世上的,晓荷的身体也还结实,希望不要再出什么事了。但有一点,一定要送到医院去生产,高先生那样想着。

田晓荷在等着高梓慕回来吃饭。这样的生活对田小姐来说,也很满足。虽然矿上也偶尔有游行示威的队伍,偶尔也会有几声枪响,但大抵还是风平浪静的。田小姐在省城读大学时，也参加过游行示威，也高喊着"团结抗日，保家卫国"的口号。高先生每天都按时上班，按时下班，有时还会把公司的一些事情讲给她听。例如锑价又涨了，研究所试制的锑白粉纯度提高了，等等。当然也说那些英国人很奸诈，说要打仗了，矿上不安全，卖锑的钱不汇到公司的账户来。要是高先生喝了点酒，那话还多些，会说矿上闹事，矿工罢工，矿主被矿工打了。田小姐听什么都觉得很好奇，但并不问，只是听着。有时也对高先生撒撒娇，按着高先生的手要高先生抚摸着自己的肚子。

而在高先生去上班时，田小姐很喜欢去周老太太家玩，不光是因为老太太好客，还有就是老太太家有很多的书可以看。原来，老太太的孙子以前是在北平读大学的，老太太看到世道很不太平，就把孙子硬拽回老家矿上了。在吃饭时，田晓荷还会把在周老太太家看到的事一股脑儿地跟丈夫高先生说。高梓慕听了后没说别的，只是叮嘱她以后像"解放"这样的话千万别说出去。外面的便衣很多，听说这些天在矿上发现了很多共产党的传单，有时在大门缝里都能看见那些发传单的人，有一次发传单的竟然发到了他们公司的办公室里。这些让当局听着很反感的话还是少说为好。共产党也派了一些人来矿山，据说是为解放矿山而做内应的。

"啊？"田晓荷一听这话，突然想起了一个人，就是在周老太太家看到的王筱琴，从那小姑娘的言谈举止中，能看得出她说不定就是个共产党呢。王筱琴说是方正英的同学，宝庆人，身体不太好，在他家养病。可有时看到她，与她交谈，丝毫也看不出她是个有病的人。

"怎么了？"高梓慕觉得田晓荷的惊讶有些突然。

"我是说我在周老太太家看到的那个小女孩叫王筱琴，样子，样子可像共产党啊。"田晓荷小声说。

"啊？"高梓慕这几天看到周老太太家确实来了个留着短发的小姑娘，他当时也没有往心里去，听晓荷这么一说，他隐隐地觉得那姑娘还真有点像呢。就在前一天，他听到那小姑娘在说，矿山的工人要联合起来，成立工会和赤卫队，保护矿山，反对矿上的老板和资本家。原本以为她是说着玩的。现在经妻子一提醒，觉得也真是的。她要不是共产党，也不会那么明目张胆地宣扬解放军的观点。想到此，高先生忙对妻子说："不管怎么样，以后还是少和她说话，谁知道解放军共产党来了会怎么样。"

"我倒没觉得有什么不好，我这么听解放军共产党也是保护矿上财产的。记得我在念书时，钱先生也说共产党好呢。"田晓荷低低地说。

"话是这么说，可当真解放军来了，共产党来了，我在公司的职位还能保住吗？一朝天子一朝臣啊，到时，我们可只能喝西北风去啊。"高先生幽幽地对妻子说。

"可我心里觉得她不像，你想，那周老太太的儿子是国民党军队的高官，现在，周老太太都拿着国民党的抚恤金在生活，她能容得下王小姐住下养病吗，说不定王小姐就不是的。"

"是不是都不能大意了。再说，周老太太也不是一般的人，她不会去跟一个小姑娘计较的，更何况是老太太孙子的同学。"

饭刚刚吃完，正说着话的当儿，高先生听到有人上楼的声音。二人互相对视了一眼，楼下的杨先生跑了上来。高先生到窗边往楼下一望，几个护工大队的人拿着带刺刀的长枪往这边追来。田小姐赶忙拿了一双碗筷，并迅速地盛了一小碗饭，送到了杨先生的手里，忙不迭地说"杨先生请吃饭，杨先生请吃饭"。那些人跑到楼上，看到高先生一家子正在吃饭，知道高先生是公司里的人，便也没说什么，就下楼去了。

虚惊一场。

可对高先生一家来说，实在是心惊胆战。高先生和田小姐也不好说，杨先生你以后别往我家里跑。那样的话也是说不出口的，毕竟是上下楼的邻居。但如果杨先生来的次数多了，麻烦也就来了。高先生这样想着，感觉事情越发严重了，世事也越来越乱了。高先生上班的公司也越来越难以经营下去了，虽然锑价一个劲地猛涨，但汇往公司的钱却越来越少了。上个月，高先生只领到了很少的一点薪水。

矿上的工人们也在闹事，游行示威是一茬接一茬。虽然不像以前那样把机器设备砸烂，但动不动就要求矿主加工资，动不动就要罢工。就是高先生公司的那些小职员，也是一副很幸灾乐祸的样子，说要把那几个外国人赶出去，说国民党要垮台了，共产党要来了。

杨先生看到高先生和田小姐的表情，也知道打扰他们了。却没有道歉的表示，倒很有想和高先生聊天的意思。他问高先生，现在公司的情况怎么样了？研究所试制的锑白粉纯度高吗？卖到国际市场的价格是多少？公司的产量高吗？高先生是答也不是，不答也不是，其实也是不知道怎么回答。杨先生看到高先生不高兴了，也只好问，弟妹什么时候生孩子啊？田小姐赶忙说："快了的，快了的。"生怕他们又生出什么不快来。

其实，这时候在周老太太家里，也是极不平静的。原来是老太太的孙子说要出去找工作，不想待在家里了。周老太太这几天也很是生气，常常莫名地把气撒在王小姐身上。可是王小姐毕竟是读了书的人，不与老太太计较。老太太也知道，就是这个王小姐，她孙子的同学，在捣乱，在煽动着方正英。

## 四

共产党说来就来了。这是王筱琴今天早晨刚进老太太家门对老太太说的一句话。前几天，老太太看到小姑娘带着她的孙子天天往外面跑。

昨天夜里那一声清脆的枪响实在是有些太刺耳了，尤其是在深更半夜。周老太太在屋里听得一清二楚。凭着周老太太这么些年为人处世的经验，她知道，共产党怕是真的打回来了。下半夜，老太太就一直没有睡着，起来看看她的孙子和小姑娘，却没看到，摸摸他们各自的被窝，冷冰冰的，老太太知道他们又是一夜未归。老太太也不好声张，只是暗暗地叹气。

老太太知道这矿上还有很多没有来得及报名参加红军的矿工一直到现在都很后悔呢。也就是这些没有参加红军的矿工，游行啊，示威啊，罢工啊，为首的、闹事的都是他们。老太太一想起儿子，也挺后悔的。那时，老太太的儿子在保定一所军官学校读书，没来得及报名参加贺龙领导的红军。要是报了名，也许现在还没死吧，老太太这样想着。

老太太听着王筱琴说的话。也不好说什么，却也没问昨晚为什么没有在家睡觉。其实，在王筱琴来找她孙子没几天，老太太就感觉这小姑娘不简单。她没说国民党不好，只是常常对孙子说，共产党又快打回来了。还抱着很多红色封面的书回来，没事的时候就在看书，有时还要孙子也看看。年纪虽然很小，却比楼上的田小姐成熟多了，也敏感多了。比隔壁的杨太太阅历似乎更多，在老太太的眼里，隔壁的杨太太只知道做饭给杨先生吃，丝毫也不问杨先生在哪儿上班，上班都做些啥。

老太太知道王姑娘的任务就是发传单，见孙子有时跟着姑娘出去也不阻

拦。老太太听从省城来的人说,省城也快和平解放了。老太太明白,这几个月的抚恤金一直没有人给送来,老太太也有点小积蓄的,也没有问过高先生。老太太知道矿山的解放只是个时间问题,觉得孙子能跟着解放军共产党派来的人一起干一些事情也好。共产党来了肯定也需要人来干事的,到时候孙子也就找了一份工作,就能养活自己了,不再像她的儿子那样,拿生命去打仗就行了。老太太认为由于家里有共产党的人,自己也尽量少在外面与人多谈话,也尽量不让邻居进她的屋子了,同样,她也不到别人家去了。虽然田小姐是个好人,也知道她常常是一个人在家。

王姑娘常常带回来一些好消息,也不管老太太高兴不高兴,就说给老太太听。说矿上的矿工成立了工会组织,还成立了自己的护矿队,说要保护好矿上的财产,等共产党解放军来接收。说贺龙留下来的那个红军伤员也与解放军接上了头,正号召矿工们参加解放军。还说高先生上班的公司,那几个外国人也下山了,高先生因为是技术骨干,矿上的工会要高先生继续在公司上班,并且要高先生把外国人没有带走的资料保管好。

老太太想问问昨晚的枪响是怎么回事,但话到嘴边还是没问。也许老太太问,这小姑娘说不准也不会告诉她。

高先生今天下班特别早,腋窝下还夹着一大把的资料。周老太太从门缝里看到高先生走了回来,便赶忙把门打开,说高先生早啊,进屋里坐坐吧。

高先生也不好推辞,毕竟也是邻里邻居,更何况自己的妻子怀孕了,到时也需要老太太帮忙。

老太太看上去依然打扮得很得体的样子,没有因为世事乱哄哄的,而显出惊吓的表情。倒是从高先生那表情上看去,好像高先生有什么心事。老太太笑着问:高先生这几天怎么下班都好早的啊,夹着个什么东西啊?

高先生没有回答老太太的话,扫视着房间,突然问:您的孙子和小姑娘到哪里去了啊?老太太心里一惊,但瞬间就恢复了平静,没事儿似的说,他们看到有游行示威,就到矿上看热闹去了。

高先生其实知道周老太太是在说谎,但并没有点破,只是"哦、哦、哦"地回应着。高先生早就听公司的那些小职员说,有一个小姑娘是共产党,是共产党派到矿上来做内应的。高先生认为住在老太太家的那个小姑娘一定是个共产党。高先生看了看老太太,低着头说,"我们公司要放假了。公司老板说,共产党快要打回来了,国民党要垮台了,我也失业了"。老太太一听,忙安慰着高先生,说,"省城也要和平解放了,共产党也需要人才的,像高先生这样的人才,共产党一定会欢迎的"。高先生看到老太太都这样说,心里突然轻松了许多。

老太太又说:"田小姐怕是快要生孩子了吧。"高先生忙说:"是的,是的。大概到年底就会生下来了吧,到时请老太太帮帮忙。"老太太说:"都是住在一块的,这个忙是一定要帮的。"老太太又说,要是家里生活困难,邻里间要相互帮助。高先生说着"好、好、好",正准备走出老太太的房间,老太太在不经意间又好像是在特意地问高先生:昨晚你听到枪响了吗?

高先生昨晚确实没有睡好,也确实听到了枪响。但高先生的确不知道枪响是什么原因。没睡好是因为昨晚他的妻子田小姐在闹肚子。还有一个原因让高先生没有睡好,就是高先生把公司的一些技术资料带回了家,又不知道该藏在哪里,既怕国民党又怕共产党。后来,还是田小姐给他出了个主意,说干脆就放到枕头里面。高先生想想也是,等高先生把资料放到枕头里面,正准备睡觉时,枪声响了。

## 五

杨先生有时也和周老太太家的孙子,还有王筱琴一起回来。

看到自己的丈夫回来了,杨太太也不问什么,只是说,还不把衣服换下来洗洗,那上面好大的硝烟味。

不知道从什么时候开始,矿上也有了卖报童。高先生因为回来得比较早,就想到街上看看。报童正拿着《团结报》在大声叫卖:"卖报,卖报。"高先生买了一张。报纸上说,昨晚,在矿山的陶塘和飞水岩,英勇的解放军与国民党军展开了激战,解放军歼灭国民党军一百五十多名,解放军也有营教导员、连长等九位指战员为解放矿山而不幸牺牲。报纸上还说,矿上成立的"矿山支前站"先后派了七十多人筹集银元五千多块、军鞋三千多双、毛巾五千多条以及担架六十多副,还有三十多名医务人员支援解放军,保证战斗的胜利,迎来了矿山的解放。高先生看上去似乎也很高兴,忙着把这个好消息告诉杨先生一家,可看到杨先生又出去了,杨太太正在清洗杨先生的衣服,

便大声说:"矿山解放了。"杨太太好像没有表情地说:"知道了。"

这时,街上游行的队伍又多了起来,越来越长,很多人都是自发参加的,敲锣打鼓扭着秧歌。忽然,高先生看到了几个很熟悉的面孔。那个穿着军装的不就是杨先生吗?他正带着一列列军人走在队伍的最前面。而那个拿着话筒正在指挥游行队伍唱歌的就是王筱琴啊,大家正在唱《团结就是力量》。又有一个年轻人拿着一个照相机正在跑前跑后,高先生走上去一看,原来是周老太太的孙子,方正英。

很快就要过年了。今天是腊月二十三,我们矿上是过小年了。矿上的喜事也是一桩接着一桩。很多的好消息像阳光一样洒在了矿山的每一个角落,一下子使冰冻了多日的严酷气氛得到了缓解,冰天雪地的世界顿时有了无数的生机,于是,也有了许多的欢乐。这欢乐便是春节的迫近,这欢乐便是孩子们玩的烟花、爆竹,这欢乐便是每家每户都要贴的春联、挂的红灯,这欢乐也是人们对于和平解放的祈盼。

人们又开始忙着过年。街上的人们看上去都很忙,忙着办年货。高先生也提着几包年货回家了,里面有好不容易买到的红糖和红枣。

夜越来越深了,可矿上尽是一些看热闹的人。人们都在等着十二点时刻的到来,等着点响那报春的爆竹。高先生也听老太太说,今年过年还要放焰火呢。可高先生没有到大街上去看热闹,在家里,用枕头垫着背靠着床,似睡非睡地躺着。这是因为妻子田晓荷一反往日的平静,不安起来。她感到了疼痛,开始时是隐隐的,一阵一阵的。这疼痛本来在吃年夜饭时就开始了,但不好意思说,可眼下,啊,怎么这么疼啊。不,没关系,离预产期好像还有三四天呢,不,不是要生了吧?她忍着,也有较长一阵不疼的时候。这几天,她还在收拾着家里的东西,要过年啊,也在准备着小宝宝的衣服之类的。连周老太太都过来帮着忙,说要田小姐多休息,可她还是坚持要做。可就在又一次的阵痛到来时,她一下子挺不住了。高先生见状,也顾不了是过年的时候,急急忙忙地把周老太太和杨太太喊了过来。大家一看,"是难产,必须立即手术",老太太急急地说,"快送矿上的医院"。只见田小姐满脸是汗,咬着牙,硬是没有叫出一声。这女人太能忍了!

这时候,杨先生带着游行的队伍走了过来,不,我们现在不能叫杨先生了,应该叫杨连长,至少也应该叫杨解放军了。他也看到了田小姐那痛苦的表情，赶忙安排了几个解放军战士，用担架抬着田小姐到了装甲车的上面。车子很快就驶进了部队的野战医院。

## 六

第二天凌晨，高梓慕的妻子田晓荷生下了一个六斤多的胖丫头。几个小时后，天亮了，穿着解放军军装的王筱琴来到了医院，并带来了一小袋红枣和红糖，手里还拿着一把刚刚从山上采来的迎春花，放到了田小姐的身边，看着躺在田小姐身边的婴儿。周老太太的孙子正拿着相机给田小姐和婴儿不停地拍照。不一会儿，周老太太和杨太太一家人也来了。杨连长爽朗地说，孩子就叫迎春吧。高先生和田小姐都笑了。

又过了几天，矿上举行了非常隆重的仪式，庆祝矿山区公所成立了。人们欢呼着，潮水般喊着欢迎解放军的口号。矿山沸腾了，压抑了好多年的人们终于有了今天的喜悦，人们奔走呼喊："解放了，解放了！"欢呼声此起彼伏。每个人的心里都在憧憬着，解放将给人们带来好日子啊！